橫溝正史

YOKOMIZO SEISHI

鍾蕙淳　譯

MITSUKUBITO
29

日本推理大師經典

日本推理大師經典

横溝正史

三首塔

CONTENTS

出版緣起

日本推理大師，永不墜落的熠熠星團

編輯部

一九二三年，被譽爲「日本推理之父」的江戶川亂步推出〈兩分銅幣〉之後，日本現代推理小說正式宣告成立。若包含亂步之前的黎明期，此一文類經過了將近百年的漫長演化，至今已發展出其獨步全球的特殊風格與特色，使日本成爲最有實力的推理小說生產國之一，甚至在同類型漫畫、電影與電腦遊戲的推波助瀾之下，日本著名暢銷作家如桐野夏生、宮部美幸等也已躋進亞洲、歐美市場，在國際文壇上展露光芒，聲譽扶搖直上。

我們不禁要問，在新一代推理作家於日本本國以及臺灣甚或全球取得絕大成功的背後，有哪些強大力量的支持、經過哪些營養素的吸取與轉化，能夠在競爭激烈的國際舞臺上掙得一席之地？在這些作家之前，曾有哪些重要的作家精耕此一文類、獨領當時風騷，無論在形式的創新或銷售實績上都睥睨群雄、立下典範、影響至鉅？而他們的努力對此一文類長期發展的貢獻爲何？此外，日本推理小說的體系是如何建立的？爲何這番歷史傳承得以一代又一代地開發出一批批忠心耿耿的讀者，並因此吸引無數優秀的創作者傾注心血，人才輩出？

爲嘗試回答這個問題，商周出版在經過縝密的籌備和規畫之後，於二〇〇六年年初推出全新書系「日本推理大師經典」系列，以曾經開創流派、對於後輩作家擁有莫大影響力的作家爲中心，由本格推理大師、名偵探金田一耕助及由利麟太郎的創作者橫溝正史，以及社會派創始者、日本文壇巨匠松本清張領軍，帶領讀者重新閱讀並認識在日本推理史上留下重要足跡的作家，如森村誠一、阿刀田高、逢坂剛等不同創作風格的重量級巨星。

日本推理百年歷史，從本格派到社會派，到新本格、新新本格的宣言及開創，眾星雲集，但跨越世代、擁有不朽魅力的巨匠們，永遠宛如夜空中璀璨耀眼的星團熠熠發亮，炫目不墜。

獨步文化編輯部期待能透過「日本推理大師經典」系列的出版，讓所有熱愛或即將親近日本推理小說的讀者，親炙大師風采，不僅對於日本推理小說的歷史淵源有全盤而深入的理解，更能從經典中讀出門道、讀出無窮無盡的趣味。

導讀

解謎推理小說大師・橫溝正史

傅博

八十多年來的日本推理文壇有三大高峰，就是日本推理小說之父江戶川亂步、本格派解謎大師橫溝正史和社會派大師松本清張。

這三位，各自確立自己的創作形式，影響了之後的推理小說的創作路線。

江戶川亂步於一九二三年，在《新青年》月刊發表〈兩分銅幣〉，獲得年輕讀者肯定，之後，陸續發表了具歐美推理小說水準之作品，爲日本推理小說奠定了基礎。

話須從江戶川亂步向《新青年》投稿前夕說起。

《新青年》創刊於一九二〇年一月，其創刊主旨是鼓吹鄉村青年到海外發展的啓蒙雜誌。編輯這類綜合雜誌的慣例，除了主要論文或相關報導之外，都刊載一些附錄性的消遣文章，《新青年》所選擇的是歐美之新興文學，就是推理小說。主編森下雨村是英文學者，知悉歐美推理小說，對於每期刊載的作品，都附有詳細的作家介紹和作品欣賞的導讀，幫助讀者欣賞推理小說。

同時爲了鼓勵推理小說的創作，舉辦了四千字的推理小說徵文獎，同年四月即發表第一屆得獎作品，八重野潮路（本名西田政治）之〈蘋果皮〉。之後不定期發表得獎作品，橫溝正史的處女作〈恐怖的愚人節〉是翌年（二一年）四月的得獎作品。

《新青年》雖然提供了推理小說的創作園地，其水準與歐美作品相比較，還是有一段距離，對讀者發生不了影響力，須待四年後，江戶川亂步的登場。其原因不外是徵文字數太少。看穿了四千字是寫不成完整的推理小說之推理小說迷江戶川亂步，寫好〈兩分銅幣〉和〈兩張票〉兩短篇，直接寄給森下雨村，看完兩作品後，森下疑爲是歐美的翻案小說。

所謂的「翻案小說」，是指保留歐美文學作品原有的故事情節，而把時空背景移植到日本，登場人物改爲日本人之小說。明治維新（一八六八年）以後的大眾讀物，很多這類改寫小說。

森下雨村把這兩篇作品交給知悉歐美推理小說的醫學博士小酒井不木判斷，徵求其意見，〈兩分銅幣〉終於獲得發表機會，三個月後〈兩張票〉也在《新青年》刊出。《新青年》由此積極培養作家，刊載創作推理小說。創作與翻譯作品並駕齊驅，成爲《新青年》的賣點，鼓吹青年雄飛海外的文章漸漸匿跡，名符其實，成爲推理小說的專門雜誌。

橫溝正史出道雖然比江戶川亂步早兩年，但是著力推理創作是一九二五年以後，而要確立解謎推理小說方法論，須待到二十年後的一九四六年。

橫溝正史，一九〇二年五月二十四日，生於神戶市東川崎。小學六年級時閱讀了三津木春影之翻案推理小說《古城的祕密》後，被推理小說迷住。一九一五年考入神戶二中，結識西田德重，他也是推理小說迷，兩人時常一起逛舊書店，尋找歐美推理雜誌來閱讀。二〇年中學畢業後，在銀行上班。這年秋天西田德重死亡，而認識其哥哥西田政治，他就是上述《新青年》懸賞小說的第一屆得獎者。橫溝正史受其影響，開始撰寫推理小說應徵《新青年》後效，翌年二一年三次得獎，四月處女作〈恐怖的愚人節〉獲得一等獎、八月〈深紅的祕密〉獲得三等獎、十二月〈一把小刀〉獲得二等獎。同年四月考入大阪藥學專門學校。

一九二四年三月藥專畢業後，在家裡幫忙父親所經營的藥店，業餘撰寫推理小說。翌年二五年四月與西田政治會見江戶川亂步，而加入推理作家所組織的親睦團體「探偵趣味之會」。之後積極地在《新青年》發表作品。十一月與江戶川亂步去名古屋拜訪小酒井不木。一九二六年六月出版處女短篇集《廣告娃娃》。同月因江戶川亂步的慫恿上京，到《新青年》編輯部上班，翌年五月接任主編。隔年轉任《文藝俱樂部》主編。

發行《新青年》的博文館是戰前二大出版社之一，所發行的雜誌很多，有綜合雜誌《太陽》、文藝雜誌《文藝俱樂部》、少年雜誌《譚海》等等。《新青年》創刊後，歐美推理小說獲得支持，博文館立即把《新文學》雜誌更名改版為《新趣味》（二二年一月），專門刊載歐美推理小說，並舉辦推理小說徵文。其壽命雖然不到兩年，於二三年十一月停刊，其精神卻於三一年九月創刊的《探偵小說》繼承，首任主編即是橫溝正史。

一九三二年七月辭職，成為專業作家。主編雜誌時期的作品不少，作品內容大多是具幽默氣氛的非解謎為主的推理短篇，和記述兇手犯案經緯為主題的通俗推理長篇。

一九三三年五月七日，因肺結核而喀血，七月起在富士見療養所療養三個月，翌年（三四）年春，身爲《新青年》主編，也是推理作家的水谷準以友人代表，勸橫溝正史停止執筆一年，以及易地療養，七月搬到信州上諏訪療養。

療養後，橫溝正史改變作品風格，充滿江戶時代的草雙紙趣味。江戶時代是指明治維新前，德川幕府所統治（一六〇三～一八六七年）的時代，「草雙紙」是江戶時代初期圖文並茂的大眾讀物之總稱，視其內容以封面顏色分爲赤本、黑本、青本、黃表紙四類和長篇之合卷。內容有諷刺、滑稽等輕鬆系列，和怪奇、幻想、耽美等異常系列。橫溝正史的草雙紙趣味是指後者。橫溝正史之戰前代表作，〈鬼火〉、〈倉庫內〉、〈蠟人〉等，都是具有草雙紙趣味的耽美主義作品。

一九三六年以後，橫溝正史的作品產量驚人。因第二次世界大戰，從三九年起，日本政府禁止舶來的推理小說之創作後，橫溝正史致力撰寫稱爲「捕物帳」的時代推理小說，和具有推理小說氣氛的現代小說，其產量仍然驚人。

一九四五年八月，第二次世界大戰終結，變成廢墟的日本，一切從頭出發。《新青年》雖然於二月廢刊，十月立即復刊，但是，因大戰中積極參與推動國策的博文館，被ＧＨＱ（聯合軍總司令部——統治敗戰國日本到一九五二年）解體，分成幾家小出版社。因此，《新青年》雖然三次更改出版社，卻挽不回往年榮光，五〇年七月從歷史舞臺消失。

一九四六年新創刊的推理雜誌有五種，即三月之《寶石》和《Top》、七月之《Profile》、十一月之《探偵讀物》。翌年（四七年）即有七種新推理雜誌誕生，即一月之《黑貓》、《眞珠》和《探偵小說》、七月之《妖奇》、十月之《G-men》和《Windmill》、十一月之《Whodunit》。這些雜誌都是月刊，雖然當時因印刷紙張缺乏，不能定期發行，但是想像當時可看到這十三種推理雜誌排在一起，只要想像這樣的豪華場面，就可知戰後日本推理小說復興之快速。而領導戰後推理文壇的，就是《寶石》。其中堅作家就是江戶川亂步（精神領袖）和橫溝正史（創作路線）。

《寶石》創刊號就讓橫溝正史撰寫連載小說。橫溝正史交給編輯部的作品，就是《本陣殺人事件》。

本陣是江戶時代的高級人士，所住宿的驛站旅館，經營者都是當地的名門。明治維新後，本陣不一定繼續營業，但是其一族仍是該地的豪門。

殺人事件發生於一九三七年十一月二十五日，岡山縣某村本陣之一柳家。戶主是五十七歲的糸子夫人，她生育三男二女。這天是四十歲的長男賢藏舉辦婚禮之日，婚宴後，新郎和新娘進洞房，這時候下著雪，四點十五分從洞房傳出新娘久保克子的尖叫聲音。因洞房呈密室狀態，傭人破門而入，發現新郎新娘已被殺，這時候雪已停，凶器之日本刀插在庭院的雪地上，但是沒有任何腳印，構成雙重密室殺人事件。

正好，這時候在東京開業偵探事務所之金田一耕助，來到岡山拜訪恩人久保銀造。金田一由此有機會參與辦案，他勘查犯罪現場和庭院後，便很邏輯地解開密室之謎團，揭破事件眞相。是日本三大名探之一的金田一耕助誕生的一瞬間。另外兩位名探是江戶川亂步塑造的明智小五郎，和高木彬光筆下的神津恭介。他們都是職業偵探。

在本書，作者如下介紹金田一耕助。一九一三年於日本東北之岩手縣鄉村出生的金田一耕助，盛岡中學畢業後，抱著青雲大志上京，寄宿在神田，在某私立大學念書不到一年，對日本之大學教育失望，放棄學業去美國。到了美國之後，美國好像也不是他想像中的理想社會，他在餐廳打工洗碟子，過著無賴的生活。由於好奇心被毒品吸引，吸毒成癮的金田一，在偶然的機會下，解決了在舊金山發生的日僑殺人事件，引起當地日本人注意，成爲英雄。

久保銀造在岡山經營果樹園很成功。他想擴充事業而來美國，在某日僑聚會上，認識了金田一，他勸金田一戒毒，並資助他去大學念書。金田一耕助於三年後之一九三六年學畢，歸國拜訪久保銀造，久保資助金田一在東京日本橋開設偵探事務所。半年後在大阪解決了重大事件後，來到岡山度假，而碰到本陣的命案。

橫溝正史如此塑造了一名推理能力超人非凡，人格卻非完整的英雄，讓讀者有一種親密感。二次大戰中，金田一入伍，到中國大陸、菲律賓、印尼等地打仗，一九四六年復員回國，戰後之金田一耕助探案待後續說。

橫溝正史發表《本陣殺人事件》第一回之後，同年四月，在《LOCK》開始連載《蝴蝶殺人事件》。命案也是發生於一九三七年，比本陣命案早一個月之十月二十日，地點是大都會大阪。馳名國際的歌劇家原櫻女士，在東京歌劇演出之後，前往大阪的途中失蹤，翌日其屍體被裝在低音大提琴的琴箱裡，送到大阪的演出會場。

本篇的架構比較複雜，作者設定新聞記者三津木俊助，為某出版社撰寫推理小說。序曲寫他想把戰前在大阪發生的歌劇家殺人事件小說化，到東京郊外之國立（地名），拜訪解決此事件的名探由利麟太郎之允許的經過。第一章至第四章即以原櫻之經紀人土屋恭三的手記形式，記述事件發生前後時歌劇團員的行動，第五章至第二十章改由三津木俊助記述由利麟太郎的辦案經緯，終曲是三津木寫完原稿後再次拜訪由利，以兩人的對話方式，由由利直接說明推理經過。

由利麟太郎是橫溝正史創造的偵探，一九三六年五月發表的中篇〈妖魂〉（之後改為〈石膏美人〉）首次登場。一九〇二年出生，曾任東京警視廳搜查課長，因廳內的政治鬥爭而辭職，一時去向不明，偶然的機會認識新聞記者三津木俊助後，重出江湖。警方無法破案的事件，由三津木收集資訊，由利根據所收集的資訊，以消去法逐一消除不適合犯案人物，最後理出兇手。包括由利未登場，三津木單獨破案之故事，「由利、三津木系列」的長短篇合計有三十三篇，故事內容大多屬於重視懸疑、驚悚的通俗作品。《眞珠郎》、《夜光蟲》、《假面劇場》等長篇是也。《蝴蝶殺人事件》則是「由利、三津木系列」的代表作。

橫溝正史除了塑造金田一耕助和由利麟太郎兩位名探之外，還塑造了八名偵探，但是他們不是現代的偵探，而是江戶時代的捕吏。凡是明治維新以前爲時代背景之推理小說，皆稱爲捕物小說或捕物帳，近幾年來又稱爲時代推理小說。

時代推理小說的寫作形式是日本唯有，其起源比江戶川亂步之〈兩分銅幣〉早六年。一九一七年岡本綺堂（劇作家、劇評家、小說家）所發表之《半七捕物帳》第一話〈阿文之魂魄〉爲其原點。作者執筆《半七捕物帳》的動機是，欲塑造日本版福爾摩斯——半七，同時想把故事背後之江戶（現在之東京）的人情、風物藉故事的進展留給後世。之後，很多作家模仿《半七捕物帳》形式，創作了多姿多采的捕物小說。按其內容，可分爲執重人情、風物的，與以謎團、推理取勝的兩系統。

橫溝正史所塑造的江戶捕吏中，最有名的是佐七（明治維新以前，平民只有名字，沒有姓）。佐七，一六二九年於江戶神田阿玉池出生。父親傳次也是捕吏，他有兩名助手，辰和豆大。他因皮膚很白而英俊，很像娃娃，周圍叫他爲「人形（娃娃之意）佐七」。人形佐七爲主角的捕物帳，大約有兩百篇（短篇爲多），合稱「人形佐七捕物帳」，屬於推理、解謎取勝的系列作品。

佐七之外，橫溝正史筆下的江戶捕吏，還有不知火甚左、鷺十郎、花吹雪左近、緋牡丹銀次、左一平、朝彥金太、紫甚左等。其中除了不知火甚左和人形佐七之外，都是一九三九年政府禁止撰寫推理小說之後所塑造的。

話說戰後，《本陣殺人事件》的成功，不但決定了今後之橫溝正史的解謎推理路線，並明確地爲戰後日本推理小說確立新路線，一直到一九五七年，松本清張之社會派推理小說登場前夕。這段期間，日本推理文學的主流是解謎推理，其領導者就是橫溝正史。

戰後的橫溝正史與以往不同，一直以金田一耕助之傳說作者自許，爲他寫了近八十篇的探案，其中四分之一以上是長篇。由此可竊見橫溝正史之旺盛的創作能力。橫溝正史的代表作集中於金田一耕助探案。

《獄門島》（一九四七年一月至四八年三月，在《寶石》連載，二九年五月出版單行本）。一九四六年初秋，金田一耕助從戰地回來，九月初就到東京都心之市谷，替戰亡的戰友解決戰前發生的無頭公案後，九月下旬來到瀨戶內海上的離島——獄門島。其目的也是在歸國的船上，受即將死亡的戰友鬼頭千萬太之託。千萬太是鬼頭本家之長男，他有三個妹妹——月代、雪枝、花子。

金田一耕助在往獄門島的渡船上，認識千光寺的了然和尚，得知鬼頭本家的先代死亡後，其家務事由了然和尚、荒木村長和中醫師村瀨幸庵三人合議處理。十月五日，舉行千萬太葬禮時，花子失蹤，晚間發現其屍體被吊在千光寺庭院的古梅樹上。其後，雪枝被殺，屍體藏在放在路旁的大吊鐘內，月代也被殺，屍體周圍布滿胡枝子的花瓣。

兇手爲何殺人後，需要這樣布置屍體，成爲連續殺人事件的謎團。金田一耕助發現是比擬俳句（日本獨自的定型詩）的殺人事件。那麼其動機是什麼？兇手是誰呢？

《獄門島》在各種推理小說傑作排行榜，都入圍前五名（排名第一的也不少）。筆者認爲是日本推理小說史上之最高傑作。不可不讀。

《惡魔前來吹笛》（一九五一年十一月至五三年十一月，在《寶石》連載後，一九五四年出版單行本）。一九四七年一月十五日，東京銀座的天銀堂珠寶行內，發生大量毒殺事件，死者達十人。三月一日「惡魔前來吹笛」的作曲者椿英輔失蹤，四月十四日發現其屍體，之後被認定爲自殺。幾天後，椿英輔的女兒美彌子，帶著英輔的遺書來拜訪金田一耕助。並告訴金田一，她認爲向警察當局告密說「天銀堂毒殺事件的兇手是椿英輔」的是住在椿公館中的某一人。不久命案便相繼發生……

橫溝作品的殺人動機，很多是血統、血緣問題。本書不但不例外，問題還很嚴重，很陰慘。雖然不是一部純粹的解謎推理小說，卻是一部値得閱讀的傑作。

「金田一耕助探案」除了上述三長篇之外，還有《夜行》、《八墓村》、《犬神家一族》、《女王蜂》、《三首塔》、《惡魔的手毬歌》、《假面舞踏會》、《醫院坡上吊之家》（按發表順序排行）等傑作。

日本解謎推理小說到了一九五〇年代初，即開始衰微，一九五七年，松本清張出版《點與線》和《眼之壁》，確立社會派後，既成作家漸漸失去創作園地，有的不得不停筆，橫溝正史也很少發表作品。到了一九七〇年代初，探偵小說（指一九五七年以前之推理小說）的重估運動，使橫溝正史的作品復活，重新獲得不勝計數的讀者。

橫溝正史於一九四八年，以《本陣殺人事件》獲得第一屆探偵俱樂部長篇獎（現在之日本推理作家協會獎）之外，一九七六年日本政府授與勳三等瑞寶章。一九八一年十二月二十八日逝世，享年八十歲。

二〇〇六年一月二十日

本文作者簡介：

傅博，文藝評論家。另有筆名島崎博、黃淮。一九三三年出生，臺南市人。於早稻田大學研究所專攻金融經濟。在日二十五年以島崎博之名撰寫作家書誌、文化時評等。曾任推理雜誌《幻影城》總編輯。一九七九年底回臺定居。主編「日本十大推理名著全集」、「日本推理名著大展」、「日本名探推理系列」以及日本文學選集（合計四十冊，希代出版）。

角色分析

金田一耕助是何許人也？

編輯部

作爲日本推理小說史上的三大名探之一的金田一耕助，究竟是有何本領可以跨越六十年的歲月，吸引著廣大讀者的愛戴？就讓我們透過接下來的幾個關鍵字，深入了解金田一耕助吧。

他的外型：

在很多金田一系列的作品中，都可以看出金田一是個皮膚白皙的小個子。而原作者橫溝正史曾在《迷路莊慘劇》一作中，明白指出金田一的身形是「五尺四寸高、體重約十四貫左右」，換成現代的講法就是約一百六十三公分高、五十二公斤左右。不過令人意外的是，歷代以來在電影或電視劇中演出金田一耕助的演員們，除了片岡鶴太郎之外幾乎都高出原著設定許多。此外，不少原著中的登場人物都形容金田一是個長得像蝙蝠的窮酸男子，然而也有不少角色都認爲金田一有著溫柔的、睿智的眼神。而他們最後也總會傾倒於耕助那溫暖、誠摯的微笑之下，就像是《惡魔前來吹笛》裡的三春園老闆娘一樣。

他的打扮：

說到金田一耕助，幾乎所有人第一時間就會想到他那皺巴巴的和服。但是他可不是一年三百六十五天都穿著同樣的和服，根據原著的設定他可是會隨季節的變換，夏天穿夏季和服，秋冬之際則會再披上和服外套。

隨著時代轉變，和服顯得愈來愈稀奇，金田一那數十年如一日的打扮也曾被誤以爲是有特殊目的的變裝。不過在《惡靈島》一作中，金田一面對這樣的質疑，則是開朗地強調：「雞窩頭和皺巴巴的和服可是我的招牌打扮呢。」

他的習性：

講到金田一耕助的習性，諸位讀者第一個想到的，一定就是不停地搔抓他的雞窩頭，搞得頭皮屑滿天飛，興奮之際還會口吃。事實上，金田一還有著諸多名偵探都沒有的奇怪習慣，他甚至還會抖腳，眞無愧其窮酸男子的評語。在《八墓村》和《惡魔前來吹笛》等作品中，就有他又是抓頭、又是抖腳的場面出現，眞讓人不知道該說什麼。除此之外，雖然出現次數不多，金田一還會吹口哨，當他獲得重大線索時，便會心情愉悅地吹起口哨。

他的戀愛：

在《惡靈島》中，金田一曾經被問到關於感情方面的事情，他非常害羞地亂抓著雞窩頭回答：「不，我那方面完全沒有動靜。」這麼說來，金田一似乎不曾對任何女性動心過，不過其實他也曾經有過心動的對象。一是《獄門島》的鬼頭早苗，早苗是鬼頭家的繼承人，個性外柔內剛。在案件結束之後，金田一曾經問早苗是否願意和他一同前往東京生活，無奈早苗為了鬼頭家的未來拒絕了，這是金田一第一次失戀。還有一人是〈女怪〉中的酒吧老闆娘，持田虹子。即使知道虹子已經有了情人，金田一仍舊熱情地說道：「就算老闆娘已經有了情人，我還是喜歡她，非常、非常地喜歡她。」只可惜事件的眞相太過悲慘，兩人無緣結合。在這個案件中大受傷害的金田一為了療傷，便自我放逐到北海道去了。

開端

—序曲

向晚時分，我們費盡千辛萬苦，總算來到可引頸遠眺三首塔的黃昏嶺。

晦暗天色中，我遙望那橫亙於狹窄盆地對側山腰上、矗立在淡灰叢林間的三首塔，不禁感慨萬分，只覺得一切恍若幻影夢境。

噢，我們不知跋涉多久時日才抵達這座三首塔，路途上不知多少人命喪血泊。仔細回想，我們彷彿泳渡血海前來。

然而我曉得，不，是直覺感應，此處不是終點站，充其量只是接駁轉乘的地方。以發現三首塔爲契機，恐怖案件將繼續發展下去……

我暫時放鬆心情，凝視陰氣晦昧的塔影，忽然想起身旁的男人，於是轉向他。

男人擔心身分曝光，深深壓低鴨舌帽，並翻起外套衣領掩住下巴。但帽緣下，那雙像要吞噬三首塔的眼，卻蘊藏千百倍於我的深切執著。

我不由得打起寒顫。

我懼怕這個男人。他是不折不扣的壞蛋，爲達成欲望可以不擇手段。說不定這一連串的流血凶案，全出自他之手。

我益發提心吊膽，畏懼不已。

或許我一直被蒙在鼓裡。對這男人而言，爲達到目的，欺騙我這樣的女人應該是家常便飯吧。我很清楚他曾玩弄幾個女人於股掌間，最後棄如敝屣。

在那筆龐大的遺產落入我的口袋前，我可能還有利用價值。一旦順利取得錢財後，想必他會設計侵呑，然後棄我而去。

不、不，被拋棄也就罷了，說不定他還企圖滅口。

噢，這實在太驚悚，我好害怕……

不過，縱使心存恐懼，我仍無法離開這男人。我的身體已難以忘記兩情相悅的肌膚之親，強而有力的擁抱，及幾近啃咬般的粗野親吻。是他讓我變成這副模樣。

「親愛的……」

「我們終於來到三首塔。」

我輕挽男人的手臂，他卻目不轉睛地凝視著三首塔。

「是啊。」

男人轉頭看著我，眼神中帶著露骨的慾求與執著。我不禁渾身顫抖。

「還好嗎，音禰？怎麼抖得這麼厲害？很冷嗎？」

「親愛的。」

「什麼？」

「雖然找到三首塔，但這不是結束，慘案依然會持續發生吧？」

「嗯，在妳正式成爲這份巨額遺產的繼承人前，可能性非常大。」

我才不在乎什麼遺產，我只想盡快從這一連串恐怖案件的漩渦裡脫身。所謂脫身，其實意味著和這男人分手。他纏著我不放，還不是覬覦我背後那可觀的遺產。

從小大夥都說我是美人胚子，長大後，眾人稱讚我是絕世美女。但我明白，不論我多漂亮，等哪天我一文不值時，他肯定對我不屑一顧。

唉，爲抓牢這男人，我注定永遠得在血海中掙扎。

此時，體內刮起一陣狂亂激情的風暴，我緊抓著男人結實的胸膛，瘋狂喊道：

「親愛的，不要拋棄我。不管今後發生什麼事，你都不能離我而去，要死一起死。不管上天堂或下地獄，我們都要在一塊。別忘記我們的誓言，與其遭你拋棄，我寧願死在你手裡。」

「我不會拋棄妳，不會的。在妳繼承遺產前，我絕不會丟下妳。」

在妳繼承遺產前？我心中忽然閃過一抹惶惶無措的陰影。不過，我無暇理睬這份情緒，男人突然緊抱我，一手摘掉我用來避人耳目的墨鏡，猛地吸吮我的雙唇。

於是，我癱軟在男人強健的臂彎裡，陷入酥麻飄然的陶醉。

我暫時忘卻現實中遭追緝的焦慮，及潛伏在三首塔內種種悚慄的未來……

I CHAPTER 第一章

悲傷的回憶

悲傷的回憶

究竟為什麼會演變成這種情況？

昭和三十年（一九五五），也就是去年春天，剛從女子大學畢業，留在家裡幫忙的我，不過是個待字閨中、涉世未深的平凡女孩，萬萬沒想到現下竟淪落到必須與男人亡命天涯，閃躲警方的追緝。

短短三個月內，我的處境產生波譎雲詭的劇烈變化，讓我感到無所適從。到底為何會發生這些事？我試圖回想一切的起因，卻發現說來話長。

這一連串事件在祝賀姨丈六十大壽的晚宴上揭開序幕。

我的姨丈上杉誠也是某私立大學的文學院院長，亦是名英文學者。我從小稱呼他為姨丈，但我們並無血緣關係。他是亡母的姊姊，也就是阿姨的丈夫。

母親有三個姊弟。大姊和子嫁給上杉姨丈，經由他的介紹，老二節子和他國文學者的朋友宮本省三結婚生下我。所以，我原名宮本音禰。

然而，十三歲那年，母親突然身故。由於戰時醫療資源匱乏，體弱的母親引發肺炎病逝。不到半年，深愛母親的父親因喪妻之慟，鬱鬱寡歡，隨後也撒手人寰。

於是，接連失去雙親，又沒其他兄弟姊妹的我，頓時成爲孑然無依的孤兒。

上杉姨丈心生憐憫，決定收留我。當時，和子阿姨還健在，膝下無子的兩人甚至想認我爲養女。他們視我如己出，悉心呵護我長大。倘若阿姨在世，去年大學畢業時，我便會正式入籍上杉家。

無奈上天捉弄，和子阿姨前年罹患乳癌病歿，我的人生境遇也在去年間驟變，從此，我就身陷那血淋淋如地獄般的恐懼中進退不得。

這事暫且擺一旁，我先介紹兩名與本案密切相關的人物。

我的母親有三姊弟，老么是弟弟佐竹建彥。案件發生時，他恰好四十五歲。我該稱呼他爲舅舅。

舅舅畢業於某私立大學經濟系，曾任職某大型貿易公司。他腦筋靈活，長袖善舞，原本前途一片光明燦爛，可是大戰爆發後，單身的他被徵召入伍，吃盡苦頭。昭和二十四年退伍後，他彷彿變了個人。

他本想回前公司工作，但公司早已倒閉。因求職無門，他和軍中結識的夥伴從事非法買賣，且愈陷愈深。由於交易內容不乏走私嗎啡、鐘表等危險勾當，舅舅不僅性格大變，眼神也完全走樣。

所謂想變就變，講的便是建彥舅舅的情況。

舅舅被徵召入伍時，我才十或十一歲，雙親俱在。除了爸媽，全世界我最喜歡的就是舅舅。學生時代，舅舅曾是划船選手，所以體格結實，性格開朗豁達，經常「音禰、音禰」地喊著我的名字，非常疼愛我。

眼睜睜目睹舅舅自甘墮落，我不禁對戰爭深惡痛絕。去年病故的和子阿姨十分害怕這個弟弟，覺得無顏面對丈夫。因此，即使親弟弟偶爾來訪，阿姨也難得有好臉色。

不過，建彥舅舅可不會為這點事膽怯退縮。

只要手頭一緊，舅舅便大搖大擺地上門向姨丈借錢周轉。固然他老是吹牛說大話，似乎確實賺得很多，可是不義之財來得快去得也快。手上一有錢，他就和不三不四的女人鬼混，還經常豪賭，將收入花個精光。

然而，相較於阿姨的痛心疾首，姨丈一點都不嫌棄舅舅，甚至頻頻安慰阿姨：

「別擔心，總有一天他會清醒的。他天生聰明，沒妳講得那麼壞。」

所以，姨丈絕不會將造訪的舅舅趕出門，反倒是熱情迎接，微笑聆聽他大吹法螺、信口胡謅。就算他伸手要錢，姨丈也從未面露不快，二話不說便立刻幫忙籌措款項。我總在心中暗暗感謝姨丈的寬大為懷。

另一位和本案關係深厚的人，則是上杉姨丈的姊姊品子。

雖不是能大聲張揚的事，但她曾在新橋當藝伎。那時由於家道中落，她自願賣身從藝，賺錢扶養唯一的弟弟。姨丈有今日的成就，全是她的功勞。她不單是姨丈的姊姊，更是姨丈的再生父母、養育恩人。因此，姨丈對她百般照顧，而她亦「誠也」長、「誠也」短地極爲疼惜姨丈。姊弟倆親密無間，看在旁人眼裡煞是羨慕。

原本，她在澀谷的住處教授茶道與花道，並靠著姨丈定期給的生活費，過著平淡恬靜的退休生活。然而，去年和子阿姨過世後，她爲照料姨丈的日常起居，搬進位於麻布的上杉家。

不愧是昔日新橋的名伎，品子阿姨不僅長得漂亮，連大戶人家應對進退的禮儀都應付自如。她比上杉姨丈年長六歲，今年已六十八，卻仍神采奕奕、容光煥發。她一頭白髮挽成髻，總披著茶褐小披肩，舉止高貴典雅，性情溫柔和藹。

從小對我疼愛有加的品子阿姨，若曉得我爲逃避追緝而與男人亡命天涯，不知會多麼難過。思及此，我不禁心如刀割，痛徹肺腑。至於，爲何我會身陷進退維谷的窘境，就讓我向各位娓娓道來。

百億圓的使者

去年十月三日是上杉姨丈的六十歲大壽。

因此，他的朋友、知己和學生從去年春天便開始策畫，準備爲他盛大慶祝。

上杉姨丈是極富名望的學者，在專長的英國文學上有不少重要著作。不過，他並非成天關在象牙塔內，相反地，他生張熟魏、交友廣闊。尤其姨丈年輕時就十分熱愛戲劇，撰寫的歷史劇和舞踊腳本，甚至數度登上舞臺，所以在歌舞伎演員與日本舞師傅間人面極廣。加上他頗有政治手腕，提攜後進及門徒不遺餘力，因而社交圈多采多姿，遍布各階層。

這些誠心打算爲上杉教授慶生的朋友，從夏末時節便陸續進行籌備，我不禁期待起這場壽宴將會如何隆重。豈料，就在壽宴前半個月，我遭遇一件超乎想像的大事。

即使想忘也忘不掉，去年九月十七日，上完鋼琴課回到家，我發現一輛高級轎車停在門口。由於姨丈交遊甚廣，我只單純認爲有客造訪，並不以爲意。剛要直接自玄關進屋時，女傭阿茂迎面而來。

「小姐，您回來啦。」

「嗯。阿茂，有事嗎？」

「主人交代，請小姐回家後馬上到會客室。」

「唔，這樣啊。但不是有訪客？」

「是的，對方似乎想見小姐。」

「是什麼人？」

「可能是律師，他拿著丸之內某法律事務所的名片。」

我一聽，不禁睜大眼睛。律師爲何要找我？

「他年紀很大嗎？」

「比老爺稍微年輕一點吧。」

「噢。」

我剛邁出腳步，身後的阿茂又補上一句：

「小姐，池袋的老爺也在。」

所謂池袋的老爺，指的是佐竹家的舅舅。建彥舅舅住在池袋的高級華廈，過著奢侈放縱的生活。

「哦，難道那律師是舅舅帶來的？」

「不，兩位是偶遇，律師是在池袋老爺之後到的。主人和他商談一陣子，接著才請老夫人和池袋老爺進房會面。主人便是那時候吩咐我，要您返家後立刻過去。」

我不由得心頭一驚，臉頰泛紅，暗忖著該不會是上門提親的吧？

「好，我這就去。」

爲避免失禮，我先回房整齊儀容，隨即前往會客室，輕輕敲門。

「誰？音禰嗎？」上杉姨丈問道。

「是的。抱歉，回來晚了。」

「沒關係，進來吧。」

出聲招呼的是阿茂稱爲老夫人的品子阿姨。不過，她的話聲似乎微微顫抖，我心頭一懍，剛要轉動門把，建彥舅舅已打開房門。

「音禰，快過來。那位先生有天大的消息要告訴妳，可別昏倒哪，啊哈哈！」

舅舅的語氣夾雜著嘲諷，我猛然抬頭，只見他俯看著我的眼裡流露深深的憐惜。當然，這樣的神情轉瞬消失無蹤……

「音禰，這裡。」

上杉姨丈替手足無措的我解圍。我順勢經過建彥舅舅，走近姨丈身邊。此時，我注意到圓桌對面有個穿條紋西褲、深藍高級麂皮上衣，樣式簡單卻盛裝打扮，年約五十的紳士，目不轉睛地盯著我。我不禁羞紅臉，接著姨丈便起身介紹：

「她是方才提到的佐竹善吉的曾孫，宮本音禰。音禰，這是黑川律師，他的事務所位於市中心的丸之內，專程爲妳的事前來。」

「是。」

我不曉得該如何寒暄，只好默默低頭致意。

「眞有禮貌，請坐。我也不客氣地就座。」

「是。」

待黑川律師坐定，我才挨著姨丈坐下。站在一旁的品子阿姨，以憐憫的目光守護著我。

我感受到一股莫名的緊張氣氛，不禁全身緊繃。

「黑川先生，要由你說明，還是讓我告訴她？」

「那就麻煩教授先解釋大概的情形。」

「喔，那麼，音禰……」

姨丈的話聲也略顯沙啞。

「妳聽過有關佐竹善吉，也就是妳曾祖父的事嗎？」

「嗯，只聽過名字。」

我一頭霧水。剛剛介紹我時也提及已逝的曾祖父，但我不明白姨丈的用意何在。

「那妳曉得善吉先生有個名叫玄藏的弟弟嗎？」

我詫異地望向姨丈。

這位玄藏就是母親與和子阿姨的大舅。不過，兩人似乎對他十分忌諱，每次談到他時，總是壓低音量竊竊私語。

「哦，看來妳知道。」

「耳聞過兩三次，可是不清楚他的爲人，雖然他肯定早已仙逝。」

「不，其實他仍在世，且將滿百歲。他在美國事業有成，身價非凡，說是想讓妳繼承全部財產。」

「換算成日幣約有百億圓哪，啊哈哈。」

大刺刺坐在長沙發上的建彥舅舅，晃動著近來益發肥滿的小腹笑道。

一時之間，我根本不懂他們到底在講些什麼。

天方夜譚

「難怪小姐會吃驚，不過我們絕非胡言亂語。這是美國一家信譽卓越的法律事務所通知我們的，最近對方也將派人過來。」

之後我才曉得，原來這家黑川法律事務所專門和國外的律師交涉，處理有關商標專利等案子，層級相當高。

雖然不清楚前因後果，我卻隱約感受到一股不明所以的恐懼逐漸逼近。

百億遺產的繼承人？我？我這才恍悟建彥舅舅譏嘲笑聲背後的意義。

「事出突然，我一時還不清楚狀況。但若玄藏先生仍健在，爲什麼至今連一封信也沒有？」

「老實講，詳情我們也不甚明瞭。不過，他似乎有不得已的苦衷，必須隱瞞自己依然在世的事實。再者，他早改名換姓，以中國人陳和敬的身分在美國生活。」

「或許他曾涉足非法勾當，不得不逃離日本，避走他鄉。音禰，妳聽過類似的消息嗎？」

哦，該不會是那個傳聞吧。雖不確定和玄藏有關，不過據說佐竹家某個近親因殺人罪嫌而隱姓埋名、不知去向，阿姨和母親也受到牽連。建彥舅舅應當知情……

「即便如此，對方爲何想把財產留給我？按長幼輩分，舅舅不是比我更接近那個人？」

「所以他提出一個條件。」

黑川律師堆起笑，眼角擠出皺褶。

「小姐聽過高頭俊作這個名字嗎？」

「沒有，他是誰？」

「我也不知道。據說他出生於昭和二年，若還活著，算一算今年虛歲二十九，和小姐相差五歲。所謂繼承遺產的條件，就是希望妳與此人結婚。」

我突然感到非常不受尊重。我是個普通人，自然也有欲望。不過，提出一百億這樣離譜的金額，卻又附帶這種條件，根本無視我的人格，讓我覺得很不是滋味。

「您說若那位先生還活著，難道……」

「是的，小姐。我們目前不曉得他住在哪裡，正全力搜尋中。剛剛教授也表示會請私家偵探一起找找看。」

「音禰，只要善用報紙或收音機廣播，我相信一定能找到。」

「但姨丈，即使對方還活著，也已二十九歲，或許早就結婚了。」

「不，關於這點，委託人玄藏先生倒相當篤定。因爲……」

律師從大牛皮紙袋抽出一張照片遞給我。

「這是十一歲的高頭俊作。雖不清楚是玄藏先生特地回國親手拍攝的，還是請別人照的，總之他一直非常關心妳和俊作，似乎曾向俊作透露結婚和遺產的事。瞧，這裡也有妳的照片。」

首先映入眼簾的是個穿立領黑西裝，外貌聰明伶俐的光頭少年。我一看到這張照片，心中竟莫名小鹿亂竄，血液直衝臉頰，興奮得難以自抑。

然而，律師拿出另一張照片時，我忍不住瞪大眼睛。那確實是就讀幼稚園的我，但我從未見過，想必是偷拍的。

「看來，玄藏先生打小就決定撮合妳和俊作，並把財產留給你們。」

「假如我拒絕這樁婚事呢？」

「到時候……」

黑川律師一句一句加強語氣，嚴肅回答：

「妳便會與百億財產擦肩而過，改由別人繼承。不過，詳細內容未明。由於小姐甫學成畢業，且已屆適婚年齡，肯定會有人上門提親，所以，我今天拜訪的目的，就是想提醒各位小心避免會導致後悔的情況，也麻煩千萬不要洩漏此事。」

「啊哈哈，眞是前所未有的天方夜譚。」

建彥舅舅不懷好意地笑起來。

花甲壽宴之夜

毋庸置疑，黑川律師突然帶來的消息，在我心中激起難以言喻的衝擊。

我和母親一樣，期望能過平靜的日子。我希冀經由姨丈或品子阿姨的介紹，進入平凡的婚姻生活，一輩子當賢妻良母。

然而、然而……這個叫玄藏的人卻無端生事，冒出來興風作浪。當然，我打心底感謝他的好意。我並非對百億圓毫不動心，不、不，其實貪欲已擾亂我的思緒。我甚至自私地暗中埋怨，既然要給我財產，爲何還要附加條件……

不論我的心情如何翻騰，時間仍不停流逝。上杉姨丈的六十大壽終於來臨。

至今，那晚發生的一切仍歷歷在目，不論姨丈或是我，都畢生難忘。這是姨丈人生中最光榮燦爛的一天，卻是我身陷血腥遺產爭奪戰的頭一夜。

這場筵席規模之盛大，排場之豪華，自不在話下。

近千名來自各行各業的賓客，將位於日比谷的國際飯店大宴會廳擠得水泄不通，冠蓋雲集，一時蔚爲話題。壽宴下午四點開始，首先校方準備紅頭巾與紅棉襖……噢，不對，因傳統服飾與壽星的西裝不搭，所以改成紅扁帽和紅外套，由舞臺上的美麗女明星穿戴在姨丈身上。只見姨丈一臉幸福洋溢。

套贈花圈的儀式結束後，姨丈發表感言，接著是預先安排好的各界名流輪流祝賀。只是，酒過三巡後，會場瀰漫著酒酣耳熱的歡樂氣氛，難得的致詞多半沒聽進在場賓客的耳中。

除姨丈、品子阿姨、建彥舅舅和我之外，主桌還坐著一位大學校長的代理人。在大家的祝福下，品子阿姨頻頻拿出手帕拭淚。

致詞終於告一段落，餘興節目上演。此時，黑川律師的身影出現，我心頭驀然一驚。不過，黑川律師並非為上次那件事，而是專程前來祝壽。他在主桌待了約三十分鐘才離去，期間我第一次聽到那座令人毛骨悚然的塔名。

「小姐知道三首塔嗎？」

「ㄙㄢ ㄕㄡˇ塔，怎麼寫？」

「三個首級的塔。」

「哎呀！」

聽到這名稱，我莫名一陣恐懼。

「我這是初次聽說……」

「黑川先生，這座塔和先前你提的事有關嗎？」

建彥舅舅問道。舅舅原本穿梭席間應酬寒暄，沒一刻坐在位子上，卻在瞥見黑川律師後立刻回座。

「嗯，關係似乎相當密切，但我不清楚三首塔在哪裡，也不曉得兩者間究竟有什麼關聯。若不盡快找到高頭俊作，讓小姐同意與他結婚，情況恐怕會變得更錯綜複雜。」

講到一半，律師發現我的神情不自在，連忙起身。

「抱歉，失禮了，我不該在今天的場合談這些事。教授，容我先告辭……」

黑川律師和姨丈握手後起身離開，恰與送名片過來的男侍擦肩而過。

「那位先生想和教授見個面。」

名片碰巧放在我面前，所以我知道對方是誰。他是私家偵探岩下三五郎，受姨丈委託尋找高頭俊作，曾到上杉家兩三次。

「噢，好。」

姨丈避人耳目似地很快收下名片，緩緩站起步出大廳。建彥舅舅見狀，又開始在賓客之間遊走。

三十分鐘後，一段令人作嘔的雜技舞蹈上演。

兩名幾近全裸的舞孃，穿戴著閃閃發亮的飾品和布條，彷彿軟體動物般交纏在一塊。我不由得聯想到兩條如繩索糾結纏繞的蛇，愈看愈覺得噁心。

於是，我向品子阿姨打聲招呼，離開宴會廳。幸好現場賓客喝得正起興，皆顧著談笑風生，無暇觀賞舞臺上詭異的表演，也沒人注意到我離席。此時，不少賓客已在廳外準備打道回府。

我當下只想遠離喧囂，便沿著走廊漫步。徐行約莫五分鐘，我來到一條燈光朦朧的廊道。右側的一扇門突然開啓，走出一名男子，我頓時一愣。對方也頗爲驚訝地倏然止步，並順手關上門。

他三十歲左右，體格強壯高大，五官分明、鼻高眼深，是個很有男人味的青年。他有著與建彥舅舅類似的特質，散發出放蕩不羈的氛圍。

第一印象總是最準確的，這便是那讓人又愛又恨的男子與我的初次相遇。

他毫不掩飾地以露骨的眼神舔舐穿正式禮服的我，隨即浮現笑容，輕輕點頭致意後，便逃進黑暗的走廊。我恍若著了魔，茫然目送他的背影。不過，拐彎時他竟朝我揮揮手，我不禁一陣惱火。我並非爲他的無禮生氣，而是厭惡自己的失態。

我旋即轉身循原路返回宴客廳。剛到入口，廳內忽然一陣騷動，我忍不住好奇地一探究竟。

只見一名舞孃站在舞臺中央，另一名舞孃面朝賓客，身體十字架般水平纏繞她的腹腰一圈，並以雙腳扣住自己的頸項。光這些動作已非常怵目驚心，何況鮮紅的血還不斷從她唇角滴落。

這就是當天發生在國際飯店裡三起命案的開端，也是我一腳陷入一連串血腥命案的序曲。

笠原姊妹

這輩子，我絕不會忘記當時湧現心頭的那股難受與恐懼。

兩名白蛇似地交纏在一起的舞孃，其中一人口中竟不停淌血。鮮血滑過舞孃的臉頰，順著交扣在頭上的腳踝，宛若數條血河流經小腿肚，最後滴落在舞臺上。舞孃如蛇般蜷曲痙攣，痛苦抽搐。

起初我不以爲意，只覺得是表演的一環，甚至認爲這是爲了增添詭譎氣氛而預先準備的橋段。

不，我確定在場的賓客多半和我抱持相同的看法。因爲當時瞬間鴉雀無聲，大夥都緊盯著舞臺上令人錯愕的光景。

但沒多久，原本靜謐無聲的觀眾裡突然爆出驚叫。眼前水平纏繞在同伴腰際的舞孃，一陣痙攣顫抖後，像氣力殆盡的蠕蟲掉落在地，身軀仍持續輕微抽搐。

站在舞臺中央面向觀眾的舞孃這才注意到同伴的異狀，大吃一驚。她立刻扶起同伴上身，發出哀號，接著高喊：

「誰快去找醫生……找醫生來……」

歡樂的壽宴會場因這聲尖叫頓時陷入吵雜混亂的漩渦。說時遲那時快，十幾個人衝上前。當中建彥舅舅率先跳上臺，抱起倒地的舞孃。其餘的人則將他倆團團圍住，遮擋那名可憐的舞孃。

早一步返回宴客廳的上杉姨丈也站在座位上，難以置信地望著舞臺。我走到他身旁喚道：

「姨丈。」

「哦，音禰，妳剛才去哪？」

「我有點不舒服，到外面透透氣。姨丈，那舞者怎麼回事？」

「我也不清楚。建彥、建彥，現下究竟是什麼情況？」

「啊，姊夫。」

從人牆間探出頭的建彥舅舅，閃著嚴峻的目光。

「如你所見，這女孩吐血身亡。」

「吐血身亡？」

姨丈神情畏懼地瞪大雙眼。

「沒救了嗎？」

「是的，上杉教授，她已斷氣。」

轉頭回話的是我熟識的井上博士，他是有名的內科醫師。

「這女孩患有肺炎或其他疾病嗎？」

「不，不是生病。小操才沒得肺炎，她剛剛還那麼有精神。小操，振作點……小操，振作點……」

人牆中不斷傳出另一名舞孃宛若潰堤洪水般的陣陣哀號。

此時，我瞥見舞臺旁的看板。

雜技舞蹈

南西笠原

卡洛琳笠原

上面寫的是藝名，死去的舞孃本名爲操。

「醫師，她會不會是遭到毒殺？不，肯定沒錯。」建彥舅舅激動道。

「這個嘛，要等解剖報告出爐，才能給你正確解答。小姐，妳認爲她可能自殺嗎？」

「小操怎麼可能自殺……莫非小操眞是遭到殺害？會不會是有人下毒？」

「嗯，不排除這種情形。假設她是被毒死的，誰最有嫌疑？」

「啊！」

原本泣不成聲的舞孃，忽然迸出喊叫：

「一定是那傢伙，一定是他下的毒。」

「小薰，妳曉得是誰下的手嗎？」

建彥舅舅開口道。他似乎與兩名舞孃十分熟稔，姨丈和我不禁面面相覷。

「不，佐竹先生，我不清楚。只是，上臺前小操一直在嚼東西，問她吃些什麼，她回答是客人送的巧克力。那一定有毒。」

「小薰，振作點。妳妹妹遇害，眼下不是哭哭啼啼的時候。給她巧克力的男子……不，對方究竟是男是女？外貌如何？」

「小操沒說，只表示收到客人的巧克力。我覺得不過是顆巧克力，所以沒多問。佐竹先生，你得負責，是你邀我們來表演的。」

噢，原來如此。這齣異色雜技是建彥舅舅爲姨丈準備的賀禮，確實和舅舅最近的品味相投。那時我並不以爲意，可是仔細回想，當晚建彥舅舅找南西笠原和卡洛琳笠原，也就是笠原薰和笠原操姊妹到壽宴，似乎隱藏著更重要的意義。

「我明白。小薰，我保證會幫妳妹妹報仇。」

聽到舅舅的話，我忍不住打個寒顫。不過，我萬萬沒想到，此事與我有這麼大的關聯……

梔子花

豪華盛大的壽宴，轉眼變成慘絕人寰的命案現場。賓客三三兩兩地返回座位，交頭接耳、竊竊私語。此時已看不到把酒言歡的情景，大夥彷彿倏然清醒，廳內瀰漫著一股侷促不安的氣氛。

姨丈和我剛回到位子上，品子阿姨便蹙著眉，擔憂地探問究竟。姨丈簡要交代事情經過，只見阿姨面色愈來愈凝重，眉頭益發緊皺。

「警方該不會逐一詢問來賓吧？」

品子阿姨擔心這樣有失禮數。

「難說，因爲有些客人已先離開。」

「噢，這倒是。誠也，乾脆讓女客自由離席，你覺得如何？否則我們就太失禮了。」

「不過，目前還不清楚送巧克力的究竟是男是女。死者的姊姊表示，她只說是客人給的，沒提到對方的性別。所以，若要讓女士離開，也必須同樣對待男士。」

「唉，難得的壽宴居然發生如此不堪的狀況。」

品子阿姨露出惋惜的神情。

姨丈雖沒應聲，但想必也和我同樣感到遺憾。回過神，我才發現姨丈早就脫掉紅扁帽和紅外套，換回西裝禮服。

不久，大批警官分別從附近的丸之內分局及警視廳趕抵現場。

笠原操依然橫躺在舞臺上，我從座位便能一眼望見警方派來的醫師驗屍的情況。那醫師與井上博士的看法一致。拍照存證後，警察隨即以擔架將遺體搬到後臺，大概是要進行解剖。

這段期間，建彥舅舅不斷安撫號啕大哭的笠原薰。然而，我卻覺得相當難堪。由於笠原姊妹是舅舅介紹來表演的，道義上他確實該安慰被害人的姊姊，只是，兩人太過親密的態度未免有失分寸。

望著舅舅在眾目睽睽下緊抱那名舞孃，我羞愧得彷彿渾身著火，恨不得找個地洞鑽進去。所以，當舅舅跟著小薰隨擔架退至後臺，我頓時鬆一口氣。

不一會兒，一個身穿制服的警察帶著兩個便衣刑警，走近我們的桌位。

「您是上杉教授嗎？這是我的名片。眞意外，壽宴上居然發生如此不幸的慘劇。」

姨丈接過對方遞出的名片，原來他是警視廳搜查一課的等等力警官。

「辛苦了。遇上這種突發事故，我至今都還驚魂未定。」

「您肯定沒料到會發生這種事吧。」

「當然。我壓根不知道今晚的賓客中，竟有人認識那種舞孃。」

「不過，佐竹先生似乎和死者的姊姊頗爲熟識……」

「這雖是建彥爲我準備的祝壽表演，但我不曉得他們的交情如何。」

「佐竹先生和您的關係是？」

「他是亡妻的弟弟，也就是音禰的舅舅。」

等等力警官瞄一眼依然羞愧臉紅的我。

「請問他從事什麼職業？」

「呃，怎麼講，應該是貿易商吧？其實我也不太清楚……」

見姨丈似乎難以啓齒，我一陣心神不寧。

我不明白等等力警官爲什麼窮追不捨地逼問，難不成是懷疑舅舅？突然間，我發現宴客

廳裡只剩親人在場，更是惶惶不安。

「不過，警官，死因眞是毒殺嗎？」

「必須看過解剖報告才能確定，但八九不離十吧。」

等等力警官回答之際，大廳外又起騷動，眾員警氣急敗壞地忙進忙出。此時，一名刑警跑來。從他的神情看得出情況非常棘手，宴客廳內的緊張氣氛倏然高漲。

刑警將一樣白色物品輪流拿給在座的女士端詳後，所有人的視線不約而同集中到我身上。於是，刑警向女士們行禮致意，穿過一張張桌子朝我走來。隨著刑警一步步靠近，我逐漸看清他手裡的物品，不由自主地撫摸頭髮。

原來那是我的髮飾，人造梔子花。

相戀傘

「怎麼？有何發現？」

「警官，向您報告一事。」

刑警僵著臉湊向警官耳邊低語。

「什、什麼？難道還有其他的……」

警官不經意說出聲，馬上戒備似地閉口環顧四周，我永遠忘不了他那驚愕的神情。刑警持續說明著，不知不覺中，始終仔細聆聽的等等力警官竟緊盯著我。

到底發生什麼事？莫非我的梔子花髮飾與命案有關？可是我一無所悉啊……

聽完報告，警官接下梔子花髮飾走近我身旁。

「不好意思，這好像是小姐的？」

「沒錯。」

霎時，全場彷彿聚焦在我身上，我緊張得渾身發燙。

「妳記得在哪裡遺失的嗎？」

「不，我根本沒注意到髮飾掉落。」

「剛剛妳有沒有離開宴會廳，到外面散步？」

「有。豔舞表演開始沒多久，我忽然不太舒服，便到廊上閒晃透氣。」

「抱歉，能否請小姐帶我們重走一遍？」

「警官，音禰有何不對勁？」

上杉姨丈面帶慍色，一臉不解地替我幫腔。

「容我稍後解釋。小姐，這邊請。」

在警官的催促下，我不情願地站起身。

「誠也，你跟去瞧瞧。雖不清楚情況，不過讓音禰單獨前往太爲難她了。」

「嗯，我明白。警官，我能一起去嗎？」

警官遲疑一會兒後才回答：

「好的……那小姐，我們走吧。」

眾目睽睽下，穿梭桌間的我恍若步行雲端，腳下虛浮而不踏實。踏出大廳時，我與從外頭返回的建彥舅舅碰個正著。

「咦，音禰，怎麼啦？」

「沒什麼，舅舅。」

「姊夫，音禰出啥問題？」

「我也不曉得……」

「佐竹先生，請一起過來。」

警官以略帶命令的語氣要求。

不久，一行人隨我走至方才那名無禮男子冒出的門外。

「我到這裡就折返了。」

刑警朝那扇門努努下巴，對警官悄聲耳語。於是，警官狐疑地盯著我開口：

「折返的理由呢？是不是發生什麼狀況？」

「沒有，因爲走廊很暗，我擔心繞太遠會迷路。」

唉，我當時爲何要撒謊？幹嘛不老實供出有個冒失男子走出那房間？或許是氣自己不知羞地目送陌生男子離去，才不想提這段偶遇。豈料，我一時的誤判，竟陷自身於難以挽回的嫌疑中。

等等力警官懷疑地望著我問：

「小姐，莫非妳進過那間房？」

「不，怎麼可能。」

「但這髮飾掉在房內。」

「咦？」

我瞠目結舌，無言以對。

「警官，這裡頭究竟有什麼？」

上杉姨丈神色不悅地問。

「進去吧。」

便衣刑警推開門，只見數名男子擠在狹窄的房間。注意到井上博士和方才那法醫居然也在其中，不祥的預感讓我不禁屏息。

又出事了！

這裡算是工作人員的休息室。約三坪大的榻榻米通鋪，雙層架上塞滿行李箱，天花板垂掛著燈泡，沒想到奢華的飯店內居然有如此粗陋的斗室。

「醫師，死因是？」

適才拿梔子花髮飾來找我的刑警問。

「和剛剛的案子幾乎一模一樣，右指上沾著巧克力碎屑。」

醫師和刑警邊交談邊起身時，「…………」我忍不住發出無聲哀號，立即轉頭。

榻榻米上橫躺著一個膚色微黑、體格健壯的男人，表情痛苦歪曲。從他一身華麗的美式服裝看來，似乎並非從事正當職業。從唇角流至地上的血，凝結成點點紅黑汙漬。

「小姐的髮飾就掉在這具屍體旁邊。」

便衣刑警鏗鏘有力地問：

「妳認識這個人吧？」

我怯怯窺望，卻發現是素昧平生的陌生面孔。

「不，我不認識他。我從未見過此人。」

「這就怪了，小姐的名字不是音禰嗎？」

「嗯，是的……」

「他的左臂上刺有妳的名字，瞧。」

站在我背後的上杉姨丈和建彥舅舅，不約而同探頭緊盯男人露在襯衫外的左臂。接著，我們三人詫異地發出「啊」的一聲。

死者的手臂上，竟清晰可見以下刺青圖樣。

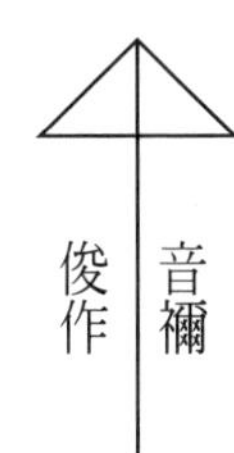

金田一耕助登場

啊，俊作……

這不就是美國的玄藏老先生想為我撮合的高頭俊作？沒錯，一定是他，並列著我倆名字的相戀傘刺青是最有力的證明。只要與此人結婚，我便能繼承百億資產，但若拒絕，黑川律師告訴我：

「百億財產就會與妳擦肩而過，改由別人繼承。」

那麼，高頭俊作意外身亡時，又該怎麼辦？只怕我將失去第一順位繼承的資格。

先前黑川律師也說：

「若不盡快找到高頭俊作，讓小姐同意與他結婚，情況恐怕會變得更錯綜複雜。」

錯綜複雜的事件已然展開。假使方才的雜技舞者離奇喪命案也與此有關，就不能視爲單純的情殺，百億遺產的血腥爭奪戰早揭開序幕。

一直專注觀察在場人士神情的等等力警官，忽然輕咳一聲，問道：

「各位似乎都曉得這男人的身分。不知他與各位有什麼關係？」

「呃，不。」

上杉姨丈大夢初醒般回答：

「我們從沒見過這男人。不過，或許他就是今晚我預定碰面的對象……」

「教授，此話怎講？能說得更詳細點嗎？」

「好的。」

上杉姨丈恢復平常的沉穩，解釋道：

「其實，我委託私家偵探岩下三五郎，搜尋高頭俊作這號人物。岩下剛告訴我，今晚有個同名的人將前來會場，屆時再替我們引見。原本我滿心期待……但這男人是否就是岩下想介紹我認識的高頭俊作，我也不清楚。因爲我與他素未謀面。」

「我認得您提到的岩下先生。那麼，岩下先生在飯店裡？」
「是的，他應當還在樓下大廳確認高頭俊作有沒有到場。」
收到警官的示意，其中一名刑警迅速離開，想必是去尋覓私家偵探岩下。
「教授找高頭俊作的理由是？」
「呃，不方便在此公開。」
「這可是謀殺案，您知情不報，恐怕……」
「現階段不太……」
姨丈很難受似地乾咳敷衍。警官的目光憤懣，不久便將隱忍的不滿一股腦發洩在我身上。
「既然如此，只好請教小姐。爲什麼妳的髮飾會掉在屍體附近？」
「不知道……我眞的沒進過這房間。大概是有誰撿起掉在走廊上的髮飾，拿到房內……」
警官怎會認同如此曖昧不明的說詞，於是打算以更嚴厲語氣質問我。幸好，建彥舅舅適時從旁安撫：
「哎呀，警官，即使音禰曾踏進這房間，與這個叫俊作的男人交談，也絕不可能殺害他，因爲……」
「因爲？」

「若高頭俊作死去，音禰就無法繼承百億遺產，啊哈哈。」

「什、什麼，百、百、百億遺產？」

舅舅這句不尋常的話，讓等等力警官在內的所有人大吃一驚。

「沒錯。依宮本音禰小姐的美國親戚開出的條件，只要她與素不相識的高頭俊作結婚，就能繼承百億財產。所以，除非她神智不清，否則怎麼可能殺害攸關繼承資格的重要夫婿？哈哈哈。」

「教授，佐竹先生的話是眞的嗎？」

「是眞的。不過，我還不清楚詳情……」

「所以您才四處找尋高頭俊作這號人物呀。他究竟是何方神聖？」

「這點我也一無所悉。如建彥所言，之前我們根本沒聽過此人，僅看過他十一歲時的照片。」

「他的相貌保留著照片上的感覺嗎？」

我們重新檢視屍體後，只覺得臉部帶著苦悶的陰影，難以肯定，但一致認爲五官和那張照片有些神似。

「詢問岩下先生應該更有把握。」

警官講到一半，便傳來敲門聲。

「誰？請進。」

話尾未落，房門隨即開啓。一名外表和高級飯店極不搭調的男子微笑探進頭。他身材矮小，一副窮酸樣，身穿皺巴巴的鬆垮嗶嘰布長褲，套著同樣鬆垮的嗶嘰布外褂，滿頭亂髮活像鳥巢。

然而，等等力警官卻興奮地打招呼：

「啊，金田一先生，你怎麼會到這地方？」

「我來辦別的事，得知警官也在此處，所以……這次頗棘手哪，聽說發生三件命案。」

「咦，三件命案？」

「是的，請至後面放雜物的庫房瞧瞧。有個慘遭勒斃、吐出黑舌頭的男人。」

「此話當眞？」

「千眞萬確。」

「那麼死者是？」

「和我同行的岩下三五郎。」

我如遭電擊，渾身顫抖。這個衝擊遠超過我能負荷的底線，我的意識逐漸模糊，終於不支倒地。

枯萎的花朵

不知經過多久，我忽然恢復意識，發現自己身穿長和服內衣，躺在一間豪華寢室的床上。環視室內的裝潢，我立刻發現這裡是飯店。接著，拿起枕邊的手表一看，原來才八點半，我並未昏躺太久。或許醫生診斷我是輕微貧血，大家便把我抬到房間，並替我解開緊束的腰帶。不習慣穿和服的我，雖然感到鬆開腰帶十分舒服，卻也因不知情而羞愧不已。

我坐起上半身，腦袋昏昏沉沉，仍有些頭暈目眩。喉嚨燙傷般灼熱，於是我從枕畔的水瓶倒一杯灌下，頓覺甘甜猶如瓊漿玉液。我心緒平復許多，打算下床出去時，外面突然響起開門聲，有人走進隔壁房。是警官嗎？還是姨丈、舅舅，或品子阿姨？

「哪位？」

屋內一片寂靜，沒人回應，只傳來關門上鎖聲。屏氣凝神之際，寢室的門被推開，剛才從陳屍現場冒出的那名男子現身。

我害怕得心臟幾乎要蹦出喉嚨，不禁緊抓胸前的毛毯。

他貪婪地盯著我的舉動，反手鎖上房門。我本能地感到恐懼，全身如遭萬針穿刺般疼痛難耐。

「你是誰？爲何擅自亂闖？」

「來探病，我想照顧妳。」

吐出照顧一詞時，他眼中興奮地閃爍著猥褻慾念，嘴角浮現邪笑。

「我拒絕。請出去，否則別怪我大喊。」

「沒用的，不管妳喊得多大聲外頭也聽不見，因爲房間有隔音設備。這兒可不是那種軟語溫存會外洩的廉價旅舍。瞧，這是張雙人床。」

他一派輕鬆地脫掉上衣、解開領帶，並脫下襯衫。我拚命左右張望，但他壯碩的身軀擋在門與床鋪間，根本無路可逃。

「拜託，求求你饒了我。你到底想怎樣？」

「我不是說要來照顧妳嗎？我對妳一見鍾情，一眼就愛上妳。音禰，妳不也是？」

「不對，沒這回事！」

「妳不是一直目送著我的背影嗎？不就是痴迷地凝望我，所以連遺失髮飾都沒注意？」

「噢，原來是你把髮飾丟在那房裡，嫁禍於我。」

「哈哈哈，這不重要。快，讓我抱抱。」

他迅速脫鞋鑽進被褥。

「拜託，不要……惡棍！下流！無恥！」

在他強而有力的擁抱下，幾乎要窒息的我使勁掙扎抵抗。與其遭這種男人侵犯，不如一死保全名節。

不過，我終究難敵男女的天性，歷經一段交纏著惡夢般晦暗與樂園般明亮、複雜且微妙的情愛時光。

終於，他放開我沁著汗的軀體，我忍不住痛哭失聲。

「壞蛋、壞蛋！卑鄙的傢伙！」

我咬住枕頭一角，哀嘆著失去貞操，不斷在心中怒吼。不過，男人早泰然自若地穿戴整齊。

「音禰，妳已是我的人。別忘記，妳體內烙印著屬於我的記號。那麼，後會有期。」

男子離去前，我噙著淚望向他：

「等一下。」

「怎麼？」

「你究竟是誰？起碼該告訴我你的名字吧。」

「名字啊，隨便取都有。我的眞名是高頭五郎。」

我不禁瞪大雙眼。

「哈哈哈，妳總算發現啦？我是剛剛在勤務室遇害的高頭俊作的堂弟。但下次見面時，我會以另一個名字現身。晚安。」

恐怖的惡徒輕輕點頭，隨即步出房間，留下依然蜷縮在床上泣不成聲的我……

風暴的痕跡

慶祝上杉姨丈六十大壽的那晚，成爲我一生的轉捩點。

在此之前，我一直站在幸福的雲端。我年輕、健康，雖然這麼說有點不好意思，但大夥都稱讚我漂亮。自幼父母雙亡固然寂寞，不過上杉姨丈和品子阿姨視我如己出，對我疼愛有加。

我生長在與不正當、邪惡、不倫等字眼絕緣的環境，接受的教養也和母校眞善美的校訓如出一轍。從小到大，我不曾對親友有所隱瞞，豈料一夜之間，我竟必須背負遭世人唾棄的可恥祕密。

那宛若春夜狂風般的暴力，無情奪走我的貞潔。但仔細回想，當時我用盡全力抵抗到底了嗎？不不，我不僅屈服在他的蠻力下，還不自覺地成爲共犯，一起耽溺於歡愛中。

唉，眞想咬舌自盡。

這段羞恥的經歷，帶給我精神與肉體上的莫大衝擊。之後，我因高燒不退整整昏睡三天。發燒時，那晚目睹的種種恐怖情景一幕幕出現在夢境。纏繞扭曲的兩條白蛇、從白蛇嘴邊滴落的鮮血、相戀傘下音禰和俊作並列的名字，最後則是逼近眼前的男人唇舌。

「壞蛋！壞蛋！」

就在痛苦呻吟、拚命掙扎著逃跑之際，我倏地轉醒，只見品子阿姨憂心忡忡地俯看著我。

「妳醒啦。剛才好像在做惡夢？」

品子阿姨溫柔依舊。可是，那溫暖的話語如利針般刺進我隱藏邪惡祕密的胸口。

「噢，我說了些什麼？」

我窺探品子阿姨的神色，憂心在夢囈中洩漏祕密。

「沒有，沒什麼……」

品子阿姨含糊帶過。

「音禰，別擔心，根本沒人懷疑妳。想必是刺激太大，妳受到不小驚嚇。不過，妳要好好振作，早點恢復體力呀。」

「抱歉，讓您操心。」

聽起來，品子阿姨認爲我是遭命案衝擊而病倒，我不禁鬆一口氣。

「阿姨，警方怎麼說？」

「這些妳就甭管了。總之，現下安心靜養最要緊，忘掉那天的事吧。」

我也有同感，老這樣心慌意亂，稍不留神說漏嘴可不妙。我得保持沉著，不動聲色才行。

這是命案發生三天後的事。接著幾天，儘管未完全退燒，我已不再囈語。約十天後，我就能下床走動。

品子阿姨盡量以和緩的語氣，娓娓告訴我後續狀況。

陳屍在那間簡陋員工休息室內的男人，確實是高頭俊作。他曾在爵士樂團裡負責吹奏薩克斯風和低音小喇叭，過著放蕩不羈的生活，和他有染的女人多到難以計數。

「所以，音禰，就算能繼承那筆龐大的財產，但若條件是和那種男人結婚，似乎……儘管有些可惜。」

「不，這樣我反而輕鬆不少。雖然對方已不幸身亡，不論他品格如何，我都不能說高興……」

「這倒是，不過萬般皆是命。」

「阿姨，高頭俊作為什麼會遭到殺害？莫非與那封遺書有關？」

「不曉得，這點似乎尚未釐清。他的女性關係十分複雜，不排除是情殺。只是，岩下三五郎為何也跟著遇害？這麼看來，應該仍不脫遺產問題。」

「可是，我覺得很怪。即便如此，兇手又何必剷除岩下三五郎？」

「坦白講，我也有相同的疑惑。不過，這種事我們女人就搞不懂了。」

我默默沉思半晌，腦海忽然又浮現不解之處。

「阿姨，那個雜技舞孃爲什麼會被殺？」

「喔，警方認爲，或許是名叫小操的舞孃不巧目擊歹徒出入命案現場，而歹徒考量到一旦屍體在那房間被發現，情況會對自己不利，乾脆滅口省事。」

我怕得渾身不住顫抖。

竟爲這點理由狠心殺人……但兇手若是那男人就有可能。爲封住我的口，他居然玷汙我視同生命的童貞。品子阿姨靜靜注視著我，憂心地問：

「音彌，妳該不會對這次的事情有所隱瞞吧？」

「哎，阿姨，您怎會這麼想？」

「我當然不信，但金田一耕助……妳也見過的，就是那個頂著鳥巢頭的人……」

「哦，他是？」

「聽說是相當有名的偵探。他推測掉落在屍體旁的梔子花髮飾，不是要嫁禍於妳，而是暗示妳閉上嘴。梔子花又名無言花，他猜妳也許曉得蛛絲馬跡。」

「他胡扯！」

雖然這麼回答，我的面孔卻倏地慘白。

與金田一耕助較量

恢復健康固然可喜，不過我必須接受警方冗長繁瑣的訊問。

此案似乎由等等力警官負責。接獲我康復的消息，他隨即帶部屬上門偵訊。只是，萬萬沒想到，那一頭亂髮的偵探也跟著過來。

上杉姨丈和品子阿姨擔心我的身體不堪負荷，全程在場陪同。警官依然質疑我「爲何在那房間門口折返」，而我的答覆也與先前一樣。

「上次也解釋過，我怕走遠會迷路。」

「那麼，妳不認爲這太湊巧嗎？來到可能成爲妳未婚夫的人遇害的房前，竟突然轉回原路。」

「第六感嗎？」

一名刑警朝悄聲嘲諷。我怒火中燒地瞪他一眼，接著面向等等力警官道：

「警官，假如我企圖隱瞞，何必特意帶各位到那房前？同一條走廊，我也能領你們往前或往後一些，這樣豈不較保險？何況……」

察覺那個金田一耕助正搔著亂髮含笑注視我，我倏地住口。

「何況……小姐，何況什麼？」

「沒有，我說完了。」

「這可不行，話不能講一半，尤其在這麼重要的場合。」

「音禰，警官說得對，有話就講清楚。」

上杉姨丈沉穩地從旁提醒，於是我繼續道：

「嗯，其實沒啥大不了的。提到梔子花頭飾究竟在何處遺失，我眞的毫無印象，但絕不可能掉在那房裡，因爲我根本沒進去過。」

「我們不認爲妳曾進入那房間，只是猜想，妳或許曉得是誰撿起梔子花頭飾，放在命案現場……」

「不，我不知道。」

斬釘截鐵地回答後，我挑釁地看著金田一耕助。

「金田一先生，我記得你是金田一先生。」

「是，我、我是金田一耕助。」

突然遭點名，金田一耕助慌張得結結巴巴，立刻低下那頂著蓬鬆亂髮的頭致意。

「品子阿姨告訴我，你懷疑兇手將我掉落的梔子花髮飾擺在屍體旁，是暗示我不要多話。」

「是的，我確實說過。」

「就算眞如你所料，但你認爲像我這種腦筋不好的女人，猜得到兇手的用意嗎？」

「像妳這種腦筋不好的女人？」

金田一耕助喃喃重複，直盯著我忽然笑道：

「啊哈哈，抱歉。不過，小姐未免太謙虛，在座的各位都曉得妳聰明伶俐，且妳的母校自創立以來，便以培育才貌雙全的名媛著稱。」

我狠狠睨視金田一耕助。爲何特地挑出這點？他話中必定設有圈套，我得提高警戒。

「所以，有一點我想不透。」

「什麼？」

縱然我小心應付，避免掉入陷阱，卻無力反擊他意有所指的語氣。

「聽說妳不僅才貌雙全，且意志堅強。豈料，妳這次竟驚嚇過度而高燒不退，臥病十天之久。該不會是百億遺產的幻夢破滅，極度失望所致吧？」

噢，這正是我的痛處。莫非他知道發生在飯店裡的那件難以啓齒的事？

即便如此，我可不會輕易認輸。在警官和刑警們狐疑地注視下，我無法悶不吭聲。

「金田一先生，你真沒同情心。」

「哈哈哈，失禮。不過，此話怎講？」

「你或許早見慣屍體。但試想，我才剛從學校畢業、涉世未深，一個晚上連續目睹兩具屍體，還看到自己的名字刺在陌生男人手臂上，受到的衝擊該有多大？碰到像你這種毫無同理心的人來調查案情，我怕是連生病都不敢。」

「哈哈，實在抱歉。」

金田一耕助低頭致歉後，忽然想起什麼似地轉向上杉姨丈。

「上杉教授，請問一下。」

「嗯。」

「那天晚上，私家偵探岩下可曾談及佐竹建彥？」

「建彥？」姨丈再次睜大眼睛。「岩下認識建彥嗎？」

「應該認得，佐竹建彥也是委託人。他似乎請岩下幫忙尋找與現居美國的佐竹玄藏有血緣的親人。」

這番話顯然是講給我聽的。難道金田一耕助懷疑我包庇建彥舅舅？察覺他的視線，我連忙壓抑揚起的嘴角。

從此，我和名偵探金田一耕助形成對立的關係，落入與他對抗的命運。

2 CHAPTER 第二章

恐怖群魔像

恐怖群魔像

案發兩週後，美方將玄藏老先生的遺囑全文寄至黑川法律事務所。

此時，我好不容易從致命的恐懼中解脫，恢復內心的平靜。所謂致命的恐懼，就是懷孕。這份憂慮宛如黑色火焰，盤踞在我胸口。每天我都神經質地觀察身體的變化，萬一在那晚獸性的歡愉中……想到這點，我便害怕不已。因此月事來潮時，我的喜悅眞是難以言喻。我總算恢復往常的開朗，也能正大光明地面對姨丈及品子阿姨。

而玄藏老先生的遺產繼承事宜，也在這時點邁入第二階段。

某天，上杉姨丈將我喚到書房。踏進房內，只見姨丈和品子阿姨神情嚴肅地對坐。目前爲止，我一直沒機會描述姨丈的容貌，在此簡單介紹。

上杉姨丈今年六十一歲，身高五呎四吋，柔道五段練就的體格強健有力，膚色略黑，是個俊挺的好男人。

姨丈溫柔地看著我，和緩開口：

「音禰，關於玄藏老先生的遺產……」

我驀然一驚，不由得低下頭，肩膀微微顫抖。

「怎麼，妳不想聽這些事？」

「不，不是的。請說。」

「嗯，是這樣的，黑川律師已收到完整的遺囑，也已找齊遺書上提及的相關人士，希望明天下午兩點鐘，所有關係者到他事務所一趟，以便公開詳細內容。妳覺得如何？」

「意思是？」

「妳想去嗎？」

「姨丈、阿姨，我該去嗎？」

「當然，誠也會陪妳。」

「哦，有姨丈同行就好。」

我頓時鬆口氣，安心許多。

「姨丈，佐竹舅舅也會去吧？」

「那是自然，畢竟他和玄藏老先生的血緣比妳更近。不過，為何這麼問？」

「嗯，我有點怕他。為什麼他要委託私家偵探調查玄藏老先生的血親？」

「這個嘛，大概是好奇心使然吧。他是個探險家，想必對此事非常感興趣。不過他天性善良，不需畏懼。他可是妳的親舅舅哪。」

「音禰怕他的理由是？」

品子阿姨約莫是聽見我的夢囈。她性格謹慎，雖不曾談起，但似乎以爲我在夢中高喊的壞蛋是建彥舅舅。

終於，命運的十月二十八日到來。現下回想，這天的聚會正式揭開了後續接踵而至的血腥劇碼序幕。相較之下，先前發生在國際大飯店裡的三樁凶殺案，充其量不過是開場白。

我在姨丈的陪伴下踏進黑川法律事務所寬敞的會客室，眼前的十名男女形成一幅奇異的景象。

這十人中，我僅認識律師和建彥舅舅，不經意瞥見蓬頭亂髮的金田一耕助大剌剌地坐在搖椅上時，我著實大吃一驚。這人爲何啥事都要插手？我不由得心生反感，索性撇過頭，不理會他的招呼。建彥舅舅見狀，露出白牙吃吃笑著。

待大夥坐定，我不動聲色地觀察四周。

在座的十二人中，除上杉姨丈、黑川律師及金田一耕助外，全是遺囑內載明的關係者嗎？我觀察起不含建彥舅舅在內的其餘七人。

首先，最引我注意的是個臃腫如脂肪結塊的四十歲女人。她身穿低胸大紅晚禮服、袒露碩大的半截雙乳，染紅的鬈髮以山雨欲來之姿倒挽頭頂，濃妝豔抹搭配塗得鮮紅的指甲，只能用恐怖形容。

這宛若摔角選手的女人嵌坐在搖椅上，不停吞雲吐霧，毫不客氣地打量我。一名年約二十，膚白而不帶一絲男人味的美少年站在她身後，右手搭著她的肩，另一手握住她的左手。他倆當然不是母子。

少年貪婪地盯著我半晌後，湊近女人耳邊撒嬌似低語。接著，兩人暗暗竊笑，抬頭望向我。

我慌忙避開他們的視線。

離兩人稍遠處，一個四十五、六歲的精壯中年男子左擁右抱，囂張地坐在長椅上。他身穿粗格子西裝，胸口掛著金項鍊，戴著粗大的金戒指。光看這副模樣，就曉得他的品味。不過，緊貼他身側的女人更令人咋舌。

她們明顯是雙胞胎，長得一模一樣。年紀雖與我相仿，卻穿著時髦華麗的洋裝，畫著濃妝，指甲也塗得豔紅。不過，或許是旁邊的女摔角選手太醒目，這對姊妹反倒不怎麼惹眼。

距這三人不遠的地方，穿著寒酸洋裝的少女無精打采地佇立。她大概十六、七歲，五官標緻，但氣色不佳。有個四十五、六歲左右，頂著大光頭的魁梧男人摟著她肩膀耳語。總覺得若脫掉西裝，他必定滿身刺青。

我不動聲色地觀察這七人構成的奇悚圖像。此時，那坐擁雙胞胎姊妹、掛著金項鍊的男人，掏出懷表說：

「律師，開始吧，她倆等一下還要上臺表演。」

「不，請稍待片刻。有個非在場不可的人還沒到。」

黑川律師瞄向時鐘之際，一對男女現身會客室門口。轉頭望去，我差點從椅子上彈起。原來是雜技舞孃笠原薰，和那個侵犯我的混帳高頭五郎。

佐竹一族

我很感謝笠原薰和那男人一起出現，否則金田一耕助可能會從我驚慌的表情，嗅出我和他的關係。上杉姨丈也爲笠原薰的登場感到詫異，所以沒發現我的失態。我掌心不斷冒汗，不自覺地將手帕揉成一團。

「律師，我帶笠原小姐過來了。」

高頭五郎向黑川律師打招呼，態度與上次截然不同。此時我已恢復鎮定，不再呼吸急促地盯著他，只當是路邊的石頭。對方同樣沒正眼看我。

「辛苦啦，堀井。這樣便全員到齊，請再幫忙確認一下。」

黑川律師一派自在地應道。於是，高頭五郎目光掃過眾人後回報：

「好的，律師。關係者確實皆已在場。」

「那麼，請留步。先向金田一先生介紹，這是堀井敬三，年紀雖輕，卻是調查的能手。除上杉家的小姐和佐竹先生外，其他五位佐竹家的親戚都是他找到的。今後還請多多關照。」

「哦，原來如此，久仰久仰。」

這男人在飯店房裡侵犯我後，臨走前曾說，再次相遇時會以另一個名字出現。果然，他現下自稱堀井敬三，看來我也該如此稱呼他。

笠原薰發現建彥舅舅的身影時，不覺瞠目一驚，但旋即開心地打招呼，自然偎近舅舅懷中。

「哈哈哈，小薰，嚇一跳吧？我們可是親戚。呵呵，去那裡坐好，大家都看著呢。」

「佐竹先生，你早就曉得這位小姐和玄藏老先生是血親嗎？」

金田一耕助忽然插嘴問。

「對，因而她妹妹小操遇害時，我異常激動。金田一先生，你的推理是錯誤的。你認爲小操是目擊兇犯出入那房間才慘遭毒手，可是事情沒那麼單純，打一開始，小操便是謀殺的目標。」

「這又是爲何？」

「當然是想盡量減少與玄藏老先生有血緣的親戚。如此，繼承遺產的機率便會提高，分到的金額也會增加。」

「不過，別提犯人，當時連黑川律師也不清楚遺囑的內容。」

「所以犯人在押寶。這簡直是場天大的賭局，不過巨額遺產確實值回票價。」

「佐竹先生，你好像在說自己。」

「哈哈哈，我就猜你一定會這樣想。但很可惜，兇手不是我。」

「可是，你怎麼知道笠原姊妹是佐竹家族的成員？」

「自然是請岩下三五郎調查的。他雖沒堀井先生能幹，卻也找到這對姊妹花。」

「你私下尋覓和玄藏老先生有血緣關係的人，究竟有什麼意圖？」

「意圖？只是好玩而已。你不覺得找出大富豪遺囑中可能榜上有名的親戚非常刺激嗎？哈哈哈。」

我再也無法忍受這一來一往聳動的問答，於是開口：

「黑川律師。」

「嗯？」

「剛剛律師說除了我和舅舅外，還有五名親戚。那剩下的就不是佐竹家的人嘍？」

「喔，沒錯，容我向各位介紹。堀井，幫我發一下資料。」

「是。」

堀井敬三站起身，逐一分送複寫的資料。最後，他走到我面前。

「小姐請拿一張。」

遞上資料的同時，堀井敏捷地將折得很小的紙片塞進我手裡。我心頭一驚，隨即瞄向金田一耕助，所幸他專注於閱讀資料，沒注意到我們。

「實際上的親屬關係更複雜，只好省略失蹤或逝去的人。目前還在世的，僅有七人。包含老先生長兄彥太的後代笠原薰、島原明美、佐竹由香利、根岸蝶子與花子姊妹。至於二哥善吉的子孫，則是佐竹建彥和宮本音禰。」

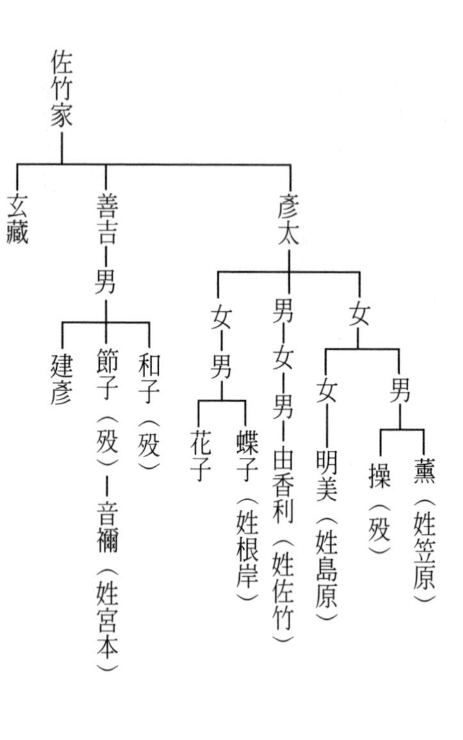

「沒想到人口增加不易哩。」

「佐竹先生，這是戰爭的緣故吧。當然，本該記在圖上的六個男人，皆死於戰地。」

「原來如此，戰爭似乎並非全然無益。」

建彥舅舅諷笑道。

「那召集我們七人是？」

「重點就在這裡。玄藏老先生原想撮合音禰小姐和高頭俊作結爲連理，並無條件讓他們繼承百億財產。」

蒙面歹徒

聽到百億遺產，場內隨即一陣譁然。當然，來此之前大夥已約略知曉事情始末。不過，現下經值得信賴的律師再次宣布，加深了實感，眾人更是興奮無比。

那胖得如脂肪團的女摔角手，怒目瞪著我。之後，我才曉得她是島原明美。至於雙胞胎姊妹，自然是根岸蝶子和花子。而那外表寒酸的少女，則是佐竹家的嫡系子孫由香利。

「然而，即便是玄藏老先生念茲在茲的願望，現下也已不可能實現，因此逕行第二項條文。」

「第二項條文？」

坐擁蝶子與花子的男人，目光犀利地提問。稍後得知，這個志賀雷藏，是她們共同的情人。

「倘若無法實行第一項條文時，這百億遺產……儘管扣除稅金等規費後，恐怕剩不到一半，由這七人……加上高頭俊作和笠原操本該是九人，但既然兩人已去世，便由其餘七人均分。」

緊閉的會客室陷入寂靜，彷彿連根針落地都能聽得一清二楚。我很明白這片靜謐背後的恐怖意義，不由得回望上杉姨丈。他雖興奮，卻僅淡淡微笑。

「媽咪，媽咪。」

島原明美身後的美少年，突然搭著她肩膀猛搖。只見他臉頰泛紅，亢奮得雙眼發亮。

「我知道啦，史郎。」

島原明美緊緊握住少年放在她肩上的手回應：

「不論媽咪變得多有錢，也絕不會拋棄你。所以你不能拈花惹草喔，呵呵呵。」

見他們打情罵俏，我害羞得無地自容。這時，島原明美賣弄風情地問黑川律師：

「那麼，馬上能分這筆財產嗎？」

「不，玄藏老先生尚且健在，必須等他百年後才會生效。」

「那老頭，不，玄藏老先生身體硬朗嗎？」

「前陣子一度病危，最近好轉許多，情況似乎還不錯。但再怎麼說，他總是年屆百歲的老人……」

「原來如此，不過……」

這時探出身發話的，是蝶子和花子的金主志賀雷藏。他早旁若無人地左擁右抱。

「假設，我是說假設，玄藏老先生去世前，也就是遺囑生效前，在座的七人裡缺幾個……換言之，抱歉講不吉利的話，其中有一兩人不幸身亡……」

我心中一驚，不由得緊盯志賀雷藏，接著偷偷瞄向堀井敬三。只見他露齒微笑，若無其事地望著建彥舅舅，我不禁怒火中燒。

「到時候，活著的人相對地便能多分一點。」

全場再度陷入沉默。後來重新回想當時的情形，我才驚覺日後一連串喋血案件的種子，就是在這片靜寂中萌芽。

「哈哈哈，眞有趣。」

可憐由香利的繼父鬼頭庄七，忽然高聲迸出話。

「照這說法，若其他六位全部喪命，只剩這女孩，那百億財產是不是就都歸她所有？」

「是的，沒錯。各位固然非常幸運，卻也形同置身險境。前幾天慘遭殺害的高頭俊作和笠原操便是前車之鑑。」

大夥又是一陣默然。

放眼望去，由香利如驚弓之鳥簌簌顫抖；女摔角手島原明美以母獅般殺氣騰騰的目光睨視眾人，成團脂肪堆積成的巨大肉塊散發出高昂的鬥志；蝶子和花子美歸美，卻張著呆滯的雙眼左顧右盼；笠原薰直瞅建彥舅舅，並走近緊靠著他。

我將視線移回堀井敬三身上，發覺他不動聲色地觀察在場男性的神情。只見建彥舅舅親暱撫摸小薰的肩膀，金田一耕助則不停騷弄那頭亂髮。

「這也是我緊急召集大家的原因。萬一在座有誰先一步知曉詳情，貪心地想將遺產占為己有而起殺意，其餘繼承人便可能像高頭俊作和笠原操一樣慘遭毒手。所以，我提早公開遺囑全文，提醒各位提高警覺。」

「聽你這麼說，莫非遺囑的內容有外洩跡象？」志賀雷藏問道。

「不，倒也不是這樣。不過，事實上高頭俊作和笠原操的命案就擺在眼前，且還有一個人讓玄藏老先生非常忌憚。」

「誰？」建彥舅舅開口。

「此人名叫武內潤伍。玄藏老先生基於某種理由，原打算讓他繼承所有財產，有段時間還喚他到美國去。可惜，武內潤伍是個扶不起的阿斗，平添老先生許多麻煩，最後不得已，只好給一大筆費用趕他回日本。這傢伙之後仍常向老先生伸手要錢，老先生自認已仁至義盡，便對他不理不睬。不料，伍內潤伍心生怨懟，三年前曾寄信恐嚇要向老先生的子孫進行報復，從此渺無音訊。老先生似乎相當害怕這男人。」

「他是怎樣的人？有沒有照片？」

「一張都沒有。據說曾保存他的照片，不過老先生後來根本不願再瞧見此人，連同底片一起撕毀丟棄了。」

「他多大年紀？」

「老先生是在二十年前接他到美國生活，昭和五年遣送他回日本，所以他現今約莫四十五、六歲。希望各位能將這件事放在心上，提高警戒。」

黑川律師說著環顧眾人的表情，忽然想起似地問：

「不曉得各位聽過三首塔嗎？」

三首塔？黑川律師二度在我面前提到這名稱，其他人卻像初次聽聞。

「三首塔……奇怪的名字。這座塔怎麼啦？」

發話的是志賀雷藏。

「武內潤伍的照片……自然是年輕時的照片，和一些重要物品都保存在三首塔內。只是，老先生已記不得塔的位置，畢竟上了年紀。」

「這座塔和遺產繼承有密切的關聯嗎？」

上杉姨丈問道。這是姨丈今天首度發言。

「似乎關係匪淺。其實，這份遺囑已具備足夠的法律效力，但不知爲何，老先生一直很在意三首塔。當然，各位也可把此事看成老先生的妄想，不去理會。那麼，我交代得差不多了。」

於是，引發種種錯綜複雜的謎團，令人膽顫心驚的第一次聚會告終。返家獨處時，我顫抖著打開堀井敬三塞給我的小紙片，上面只簡單寫句：

「十一月三日晚上八點，日比谷十字路口。」

堀井敬三怎麼曉得我和朋友約好，那晚要到日比谷公會堂聽演奏會？當下我才切實感受到這男人的恐怖。

女怪們

沒有任何事比那天在黑川法律事務所召開的佐竹家族首次聚會，更令我印象深刻。

爭奪百億夢幻遺產的七名男女，各自散發著詭異的氣質。

看看那宛若女摔角手的島原明美恐怖的模樣，肥厚的脂肪布滿全身，貓爪般的尖銳指甲塗得鮮紅，眼神和母獅一樣凶猛。而叫史郎的美少年，那嬌柔如貓的囁嚅聲，光想就覺得不舒服。

至於蝶子和花子那對雙胞胎，當天的聚會上只有她倆從頭到尾一句話也沒說，雖然容貌姣好標緻，卻顯得很沒精神。不管討論的話題多麼急迫重要，都只張著空洞大眼旁觀。眾目睽睽下，兩姊妹怡然自得地依偎在志賀雷藏懷中。不知是毫無羞恥心，抑或不以為意，那面無表情的神態反倒格外驚悚。蝶子和花子略顯呆滯的美貌下，必定隱藏著某種教人畏懼的理由。

笠原薰軟體動物般的噁心模樣自然不在話下。不知建彥舅舅和這女人有什麼關係？

玄藏老先生為何不讓佐竹由香利繼承所有財產？畢竟年幼的由香利才是佐竹家的嫡系子

孫，直接指定她爲繼承人，不就不會發生這些紛紛擾擾的事情嗎？但是……不，不對。我忽然想起由香利的繼父鬼頭庄七那番令人喪膽的話：

「照這說法，若其他六位全部喪命，只剩這女孩，那百億財產是不是就都歸她所有？」

究竟這個鬼頭庄七是什麼來歷？由香利在恐怖的繼父身旁遭受怎樣的待遇？不不，不單是鬼頭庄七及由香利，根岸姊妹與她們的姘頭志賀雷藏的背景如何，我都一無所悉。當然，我也不清楚全身脂肪的島原明美和她那小情人史郎的來頭。

逐一審視其餘六名繼承人和他們近旁的親友時，一個念頭忽然閃過，我不由得自我省察起來。

我有何立場評論他人？宮本音禰也不過是將汙穢的祕密隱藏心底，厚臉皮裝成良家淑女的模樣。哎，我根本沒資格批評別人。流著佐竹一族的血液，我和島原明美、笠原薰及根岸姊妹沒兩樣，都是驚世駭俗的女怪。

她們全帶著男人。島原明美身邊有美少年史郎，笠原薰有建彥舅舅，根岸姊妹有志賀雷藏，佐竹由香利有繼父鬼島庄七。而我不也跟自稱堀井敬三，實爲高頭五郎的惡棍牽扯不清？

反覆思索時，一股恐懼感湧上胸口。

依黑川律師的說法，有個不屬於佐竹家族、名叫武內潤伍的人，揚言要狙擊玄藏老先生的血親。他現年四十五、六歲，那麼，志賀雷藏與鬼頭庄七約多大歲數？似乎也是四十五、六歲左右，該不會其中一人就是武內潤伍？

「宮本小姐，妳怎麼啦？」

坐在我左邊的朋友河合小姐，將我從恐怖的聯想拉回現實。

「妳剛剛怎麼渾身顫抖？」

河合小姐嚴肅地看著我，低聲問道。

「不好意思，我有點不舒服。」

「這麼一說，妳的臉色不太對勁。」

坐在右側的橋本小姐也湊近關切我的狀況。雖然我們已竭力放低音量，仍不免引來其他觀眾的噓聲和斥責。

「還是保持安靜吧。沒關係，別擔心我……」

我硬撐著身子，緊握手帕。

日比谷公會堂的舞臺上，著名的外國鋼琴家正在演奏。場內座無虛席，聽眾無不沉醉在鋼琴家出神入化的悠揚琴聲中。不過，其實我連一小節都沒聽進耳裡。

現下已七點半，我必須在八點前抵達日比谷的十字路口，惹火那個無賴不知會有什麼下場。我只能感嘆，一旦發生關係，女人就有把柄落在對方手上。

不過，音禰，妳雖然總是找藉口，企圖讓良心過得去，其實妳非常想接近那男人不是？然後和上次一樣，觸吻他火熱的唇，感受彷彿快窒息的強勁擁抱，渴望著扭動身軀、愉悅地發出呻吟的男歡女愛。

「不、不，才不是……」

我不禁脫口高喊，幸好會場裡響起如雷掌聲，除了兩側的河合小姐和橋本小姐外，無人注意到我的失態。

「妳似乎真的很難受。」

「臉紅通通的，情緒太激動嗎？」

中場休息時，陪我到走廊的河合小姐與橋本小姐，憂心地望著我。

「嗯，頭昏腦脹的。不好意思，我想先離開。難得妳們邀我……」

「沒辦法，妳身體不舒服。可是，妳一個人不要緊嗎？」

「嗯，沒問題。眞的很過意不去，抱歉。」

「我們陪妳到大廳，保重啊。」

只要說一次謊，就必須扯更多謊來圓。瞞過兩個朋友後，我準備從日比谷公會堂正門玄關下樓梯，忽然有人從背後叫住我。

「咦，這不是音禰嗎？」

我大吃一驚，猛然回頭，原來是親密挽著笠原薰的建彥舅舅。我立刻拔腿往下衝，連手帕掉落在階梯上都心虛得不敢停步撿起。

巡禮

「小姐，要不要搭車？」

我站在日比谷十字路口假裝等電車，身後突然有人發話，轉頭一看，原來是輛掛著「空車」牌子的計程車。

「不，我……」

司機沒理會我的輕聲拒絕，逕自從駕駛座下車，打開後座車門說：

「來，請。是我，音禰。」

我嚇一跳，迅速環顧四周確定無人注意，便立刻坐上計程車。司機回到駕駛座，隨即驅車駛離現場。

「音禰，怎麼一副魂不守舍的樣子？難道有誰跟蹤？」

「不，沒有，只是……」

「只是什麼？」

「我剛剛在公會堂遇見佐竹家的舅舅。」

「佐竹建彥在公會堂？」

「是的。」

「他一個人？」

「不，和笠原薰一起。」

「哦，原來如此，還眞逍遙。哈哈哈。」

我盯著照後鏡，看清握著方向盤、從喉嚨深處發出低沉笑聲的男人。

「哎呀。」我忍不住大叫。

那張面孔既非堀井敬三，也非高頭五郎，而是戴金邊眼鏡、留著鬍鬚的中年男子。

「你是誰？」

我緊張得心臟差點蹦出胸口，對方調皮一笑。

「不就是我嘛，妳的情人高頭五郎、堀井敬三，哪個名字都行。音禰，我的易容術高不高明？」

噢，這惡棍居然和變色龍一樣，曉得如何改變外貌。眼前的他怎麼看都不像黑川律師的助理堀井敬三。

「你打算帶我去哪？」

「巡禮邊境。」

「巡禮？」

「稍後就會明白。音彌，那邊有個小提包吧？」

座位一角果然放著小提包。

「裡頭有長圍巾和眼鏡，妳也得變裝。只有我易容，到時候妳被認出來可就前功盡棄。」

雖然不清楚他要帶我去什麼地方，但不希望熟人瞧見我和這種男人單獨在一起，何況我現下處境危險，只好從提包取出配色老氣的長圍巾套在頭上，戴上厚框眼鏡。隨後我拿化妝鏡照一下，發現雖不很完全，不過確實變了個樣子。

「先生。」

「什麼？」

「不知你的目的地是何處，可是我最晚必須在十一點之前回到家，否則姨丈和品子阿姨會擔心。」

「喔，沒問題。爲了讓我倆能順利交往，還是盡量別引人懷疑。呵呵呵。」

聽著他的低笑，熱淚竟不聽使喚地流下眼角。我不曾這般感到自己的無用。

堀井敬三在淺草松竹座旁停車後，拉著我的手步向六區（註）。我從未在這種時間到六區，身旁還跟著男人。不過，後悔也來不及，今晚行程結束前，他大概不會放我走。我緊張得全身僵硬，他卻硬拖著我前行。

穿越錯綜複雜、煩囂喧鬧的街巷，我們抵達閃著「紅薔薇座」霓紅燈的小屋。門口高掛著一幅令我羞於直視的巨大裸女看板，這裡想必是脫衣舞秀場。男人在售票處停下腳步拿出皮夾，我不禁緊抓他的手說：

「別這樣，我、我不想進去這種地方。」

「有什麼關係，爲了將來，妳得多看多學。沒啥好害羞的。」

他連遣詞用句都像換個人似的。

「可是……」

「不要緊、不要緊，包在我身上。」

買完票，強拉我入場的男人變成不折不扣的好色鄉下歐吉桑。而這時的我，看起來又像什麼？

只是……經過驗票口時，我終於明白他此行的目的。

「我出去一會兒。告訴海倫和瑪莉，表演完在後臺等我。我十點半前回來。」

一名男子扯著嗓門走出辦公室。以圍巾蒙頭的我見到他，吃驚得倒吞一口氣。

那不是坐擁雙胞胎蝶子和花子，享盡齊人之福的志賀雷藏嗎？

雷藏投來凌厲的一瞥，但或許是長圍巾和厚框眼鏡奏效，他沒認出我，很快便離開秀場。

金與銀

「剛才那位是？」

在觀眾席後方找到位子坐下時，我依然忐忑不安，心跳劇烈。

「這裡的經理。」

男人低語著，視線在舞臺和節目表上遊走，最後心滿意足地吐口氣，悄悄環顧四周。

雖然幕已升起，我卻不敢抬頭。所幸場內昏暗，否則我真想挖個洞躲起來。可惜好運不

註——位於東京淺草地區的風化區。

常，沒多久，布幕在稀疏的掌聲中落下，燈光大亮。我渾身僵硬，下巴深深埋進圍巾。此時，敬三出其不意地抓住我的手臂，湊近我耳邊細聲說：

「朝西側二樓看一眼。」

「西側？」

「左邊，從舞臺那側算起第六張椅子。妳要不動聲色，千萬別露出驚訝的表情。」

我輕輕抬眼覷向指示的地方。剎那間，我顧不得男人的叮嚀，詫異得瞠目結舌。

自二樓第一排座位探身往下梭巡的，不就是島原明美身旁那吃軟飯的美少年史郎？仰望時，我恰巧撞上他的視線，嚇得我慌忙低頭，不住微微顫抖。

「糟糕，我……他該不會已識破？」

「怎麼可能。」

「但他不是在看我？」

「他只是覺得奇怪，這麼年輕的小姐居然來這種地方吧。喏，他轉頭了。」

「他也和這秀場有關係？」

「不，所以才有趣。不曉得他爲何出現在此。」

「他是怎樣的人？」

「他叫古坂史郎，是個孤兒。憑藉俊俏的外貌遊走於女人之間，目前算是那渾身脂肪的女人的寵物。」

「那女人又是什麼來歷？」

「等一下讓妳見識見識。不過這個美少年現身此處，確實值得玩味。音彌！」

男人低聲呼喚我的名字。

「血腥爭奪戰已展開，哈哈哈。」

「這麼恐怖嗎？」

我怕得直打哆嗦，演出鈴適時響起。在樂團伴奏聲中，幕再度拉起，場內燈光轉暗，我鬆口氣默默俯首。觀眾席冒出零零落落的掌聲，敬三以手肘頂我一下。

「別老低著頭，我們是來看表演的。喏，仔細瞧瞧。」

在敬三的催促下，我怯怯抬起頭，只見兩名狂野奔放的舞孃。除少數部位外，她們裸露的肌膚分別塗成金色與銀色，也分別穿戴金銀頭套和涼鞋，活像兩隻不停舞動的蚯蛇。

「跳這種舞對健康不好，全身毛孔都被塗料堵住。從抹上到清洗的時間超過三十分鐘，便會出問題。不過，妳曉得她們是誰嗎？」

「誰？」

「海倫根岸和瑪莉根岸，也就是根岸蝶子和花子。」

我不禁倒抽口氣，重新審視臺上的舞者。只是，從宛若戴著面具的兩張臉上，很難辨認出蝶子和花子的模樣。

敬三環視觀眾席，喃喃道：

「客人不多嘛，怪不得志賀雷藏焦急。」

他忽然抓著我的手臂站起來。

「這回要去哪裡？」

一坐進停在松竹座旁的車子，我便癱軟在座墊上。

「先到池袋，接著前往新宿，再帶妳去個好地方……呵呵呵，然後今晚就放妳走。」

聽著男人別具深意的笑聲，雖感到厭惡難耐，胸口卻狂跳不已。莫非我體內也和其他佐竹家女人一樣，流著淫蕩的血液？

抵達池袋一間名叫獵戶座的小劇場時，剛過九點鐘。

「又要進劇場？」

「沒錯。」

踏入這幢外觀像雜耍綜藝歌舞秀場的小屋，便望見有個巨漢與一名十六、七歲的少女在臺上表演雜技。

巨漢穿著黑緞緊身襪及襯衫，繫著銀腰帶。少女則穿粉紅緊身衣襪，頭戴花環。

他們的表演節奏緊湊，一段接著一段，令人眼花撩亂。纖細嬌弱的少女被巨漢往上一拋，竟像貓咪似地在空中翻滾。少女不僅身懷絕技，動作更是異常敏捷。

然而，下一瞬間，少女卻猛地踢向巨漢腦袋。勃然大怒的巨漢隨即狠狠摑少女一掌，力道之大，連觀眾席最後一排都清楚可聞。接著，他對趴在臺上的少女又踩又踹，似乎仍怒氣難消，便突然脫掉黑襯衫，露出一身刺青。

巨漢揚起一條皮鞭，朝企圖脫逃的少女背後不停揮打，發出陣陣刺耳的聲響。穿著黑色緊身褲、渾身刺青的巨漢鞭打楚楚可憐少女的景象，實在怵目驚心。

「你看！」

「喔，那只是演戲。喏，他們舉手投足和音樂的節拍一致，品味眞低級。不過，妳曉得這兩人是誰嗎？」

我睜大眼一瞧，才發現那竟是佐竹由香利和她繼父鬼頭庄七。

「看來她已非處女，早成爲任那巨漢擺布的玩具。外表溫柔可愛，她骨子裡可厲害得很。好，我們走吧。」

魂飛魄散的偷窺

「音彌，妳有口紅或眉筆嗎？」

待我坐進車裡，駕駛座上的男人便開口問。

「有啊。」

「那麼，塗抹得愈誇張愈好，模仿妓女裝扮。等一下光靠圍巾和眼鏡可能會被認出來。」

「要去哪裡？」

「別多問，照我的話做。」

我拿出粉盒，先厚厚塗一層底妝，接著畫長眉毛、繪眼影，重重撲上腮紅，將嘴唇染得鮮紅，竭盡所能地濃妝豔抹。藉著微弱的燈光，我瞥見自己映照在鏡中的低俗模樣，淚水差點奪眶而出。可是，我無法違抗這男人的要求。

「這樣可以嗎？」

我戴上厚框眼鏡探出頭，男人透過照後鏡細細端詳。

「非常好。就算不戴眼鏡，別人也認不出妳是宮本音彌。眞有一套，不愧是佐竹家的成員，哈哈哈。」

這句話讓我備感屈辱，不由得心生怒火、渾身發燙。

「你該不會要帶我去島原明美那裡吧？」

「沒錯，觀察力很敏銳。」

「她是怎樣的人？」

「等一下就知道。不過，音彌。」

「嗯？」

「待會兒面對面近距離的接觸難免，一定要提高警覺，小心應對。到時妳可得抬頭挺胸，模仿瑪麗蓮夢露婀娜行走的樣子。」

「我怎麼可能……」

「絕對沒問題，妳不是佐竹家的一員嗎？哈哈哈。」

我內心因屈辱和悲傷鬱悶不已，眞是一失足成千古恨。我究竟要沉淪到何種地步？此時，車子在新宿一排閃著霓虹燈的樓房前停下。

「到了，我們走吧。」

男人拉著我的手。下車時，我膝蓋不聽使喚地微微顫抖。

「來，抬頭挺胸，學夢露走路。」

霓虹燈在盈眶淚水中模糊。我連忙輕按眼角，依男人的指示款款擺臀。除此之外，我無計可施。

「對，很棒、很棒。」

我真痛恨這得意竊笑的男人。

酒吧林立的街上，不時傳來陣陣爵士樂和女人浪蕩的笑聲。兩名肩揹吉他的男子，一家接著一家地走進酒吧。

行經霓虹燈招牌閃爍的「ＢＯＮ・ＢＯＮ」酒吧前，忽然有個男人從店裡冒出。瞥見對方的面孔，我們吃驚地停下腳步。

那居然是志賀雷藏。

不過，雷藏似乎沒認出我倆，只是氣急敗壞地離開。敬三把我拉進陰暗處，目送雷藏的身影消失，然而，一路上他並未回頭張望。

「哈哈哈，情況愈來愈有意思了。史郎在動根岸姊妹的腦筋，志賀雷藏反倒盤算著對那胖女人動手腳。音禰，如我剛才所提，爭奪戰已展開。大夥都瘋狂想置敵於死地。來，我們進去吧。」

「ＢＯＮ・ＢＯＮ」的入口狹窄，店內空間卻出乎意料地深。五、六名客人坐在左側吧台飲酒，而右側的三、四張桌位，同樣也有五、六個客人。震耳欲聾的爵士樂聲和酒客的喧囂聲迴盪在煙霧瀰漫的室內。

收銀檯設在門口左側。敬三問櫃檯後的女人：

「小雪，媽媽桑在嗎？」

敬三的語氣和聲調完全異於平常。

「哎呀，原來是木下先生，歡迎光臨。媽媽桑在二樓。」

女人只瞄我一眼，立刻望向二樓，露出曖昧的微笑。看來，敬三在這家店用的是另一個名字。

「有客人嗎？」

「剛離開，媽媽桑不知怎麼回事。」

「太累了吧，呵呵。」

敬三接著低聲問：

「小雪，有空房嗎？」

「嗯，不過在中間……」

「沒關係，我有事跟這女孩談。」

以紙鈔交換房門鑰匙之際，女人又瞥向我。幸好此處僅有昏暗的間接照明，加上我濃妝豔抹，她認不出我的原貌。

「喂。」

男人以眼神示意我跟上，我只好依他囑咐，搔首弄姿地行經收銀檯和桌子之間，羞愧得渾身滾燙。

接著，我們打開出現在眼前的小門。朝盡頭處望去，有間化妝室和陡峭的樓梯。化妝室對面一扇緊閉的木門可通往後巷。爬上二樓，走廊左側有三道房門。最靠近樓梯口的亮著微弱的燈光，其餘兩間則一片漆黑。男人走進正中央的房間，隨即打開電燈，並順手上鎖。

「你幹嘛帶我到這種地方？」

我慌張地看一眼簡陋的床鋪，泫然欲泣地問。

「有啥關係？反正也沒人發現妳是宮本音禰。妳那副模樣，還眞是學得維妙維肖。更何況，我想讓妳見識一下島原明美是怎樣的人物。」

男人冷不防緊抱住我，用力吸吮我的嘴唇。準備扯掉我頭上的圍巾時，他卻突然放開我，附耳在牆上竊聽，接著走到另一側牆細聽。

「那傢伙該不會睡著了吧？」

男人偏著頭思索。

「音禰，妳在這裡等著，千萬別出聲。」

男人關燈後爬到床上四處摸索，沒多久，離地板約兩公尺高的牆面上，露出一個透著隔壁房燈光的方形小洞。此時，我耳邊忽然傳來男人急促的喘息及床鋪發出的咯吱聲響。

「音彌、音彌……」男人壓抑著嗓音急喚：「不要出聲，到這邊看看。」

「怎、怎麼？」

「過來就是了，瞧。」

我摸黑爬上床。男人攬著我的腰，引導我從小洞窺視鄰房。頓時，我驚詫得心臟差點蹦出喉嚨。

只見有個幾乎全裸的女人仰躺在床上，一把把柄包著巾帕的匕首深深插進胸口。儘管腰部以下蓋著毛毯，但那碩大的乳房和脂肪堆積成的臃腫軀體，明顯就是島原明美。

「音彌、音彌……」

男人抱住快昏厥的我，話聲也微微顫抖。

「果然不出所料。看，腥風血雨的爭奪戰已拉開序幕。」

三首塔

愛與恨

從「BON・BON」逃到堀井敬三和高頭五郎的藏身住所，我對沿途發生的一切僅留下殘缺的印象。那些片段彷彿霓虹燈招牌，刺眼而規律地在腦中閃爍。

當時，敬三處理突發狀況的沉著態度，深深烙印在我心底。他很快自震驚中回過神，有條不紊地善後，不見一絲慌亂或焦急。

他先遮起小洞，將畫框掛回原處。稍後我才發現，那是幅嵌在玻璃中的裸女照。接著，他抱我下床，開燈清理床上的泥土，並整平鞋子踩踏的痕跡。然後，他小心翼翼檢視房內，眼尖地發現我沒戴手套。

「音禰，妳剛剛碰過房裡的東西嗎？」

「嗯，沒有……」

「爲防萬一，把可能觸摸過的地方擦乾淨，留下指紋就麻煩了。」

話雖如此，但我的手帕掉在日比谷公會堂門口，只好拿圍巾擦拭。男人見狀，立刻問：

「音禰，妳的手帕呢？」

「掉在日比谷。」

「爲什麼不撿起來？」

「那時建彥舅舅從後面追來……」

「這樣啊。」

敬三仔細擦拭房內物品後，說：

「好，完成。」

然後，他雙手搭在我肩上，嚴肅地看著我繼續道：

「音彌，現在起會很辛苦。我們必須從這裡脫身，可是時間太短，來不及自前門出去。記得樓梯下有扇木頭後門嗎？我們由那扇門離開。妳一定要保持冷靜，明白嗎？」

「嗯，你跟在我身旁應該沒問題。」

這是我當下的肺腑之言。在意外捲入謀殺案而驚慌失措的我心中，沒有比敬三更可靠的人。

「好，我們走吧。」

熄燈來到走廊，待敬三關門上鎖後，我們通過發生凶案的房外。正準備下樓，敬三忽然停步，食指貼在唇上示意我安靜，原來是化妝室裡有人。等對方踏出化妝室返回店內，敬三才低聲吩咐：

「妳在這裡等，我先下樓打開後門。」

「你可不能丟下我不管。」

「別胡說，傻瓜。」

男人快步下樓，很快就不見身影，但隨即又出現在樓梯口朝我招手，我連忙衝向他的懷抱。

我倆穿過後巷狹窄的空地，終於回到停車處。一坐上車，我頓感筋疲力竭，彷彿全身關節就要解體，只能癱在椅墊上閉眼休息。

「拜託，放我走吧。」

「哈哈哈，還早嘛。不是講好十一點前讓妳回家？」

聽他這麼一說，我低頭看手表，居然才九點四十分。換言之，和這男人碰面不過一小時四十分鐘，我卻感覺這段期間猶如一部重複播放的漫長電影。

「接下來要去哪裡？」

「到我藏身的住所，音禰。」

「嗯……」

「我原不打算上『ＢＯＮ・ＢＯＮ』二樓，只想讓妳了解島原明美的眞面目就立刻離開。可是，我十分慶幸有這個機會，因爲我終於徹底體認一件事。」

「體認？」

「我要和妳生死與共。」

我緊抿雙唇，悶不吭聲。霎時，錯綜複雜的愛恨情仇纏繞糾結，讓我的情緒一團混亂。

「音禰，妳爲何沉默不語？爲何不回答我？」

「敬三，」我故意岔開話題，「是志賀雷藏殺死她的嗎？」

「很難說，不見得是他下的手。」

「爲什麼？」

「唔，音禰，剛剛後門並未上鎖，極可能是有人趁志賀雷藏離開後，潛入房間刺殺明美，再從那門逃逸。更何況，志賀的長相早被店員看得一清二楚，冒險的機率很低。」

「你呢？你沒問題嗎？」

「什麼沒問題？」

「那間店裡的人不是都認得你？」

「喔，他們只知道我是做黑市交易的木下先生，不曉得我的眞實身分。」

我忍不住透過照後鏡，窺探這名既非高頭五郎亦非堀井敬三的中年男子。

「你究竟是怎樣的人？」

「我就是這種男人啊。不過，音禰，快回答我剛才的話。妳覺得我如何？」

「我？打那時起，我便有所覺悟，再也無法逃離你的手掌心……」

「謝謝。」

他簡單回應後，我倆便陷入沉默，隨轎車在黑夜裡向前奔馳。

魔幻之塔

由於是晚上，我不清楚確切的地點，實際上也沒多餘的氣力認路。不過，我記得曾行經赤坂見附，瞥見右側ＮＨＫ電視塔臺的標識燈不久就抵達目的地。所以，他大概住在溜池附近。

夜色中仍顯狹窄雜亂的路旁，有座寬敞的車庫，停放著看似故障的轎車。男人嫻熟地駛進車庫，一名年約三十的女人聽到引擎聲，走出屋外。

「老爺，您回來啦。」

「嗯，由里子，半小時後我得出門一趟，所以車子放這兒就行。好，下車吧。」

看見我慢吞吞地下車，女人才注意到我也在場。

「哎呀。」

「哈哈哈，怎麼？妳眼神這麼熱切，她會害臊的，人家可是黃花大閨女哩。來，走吧。」

從車庫走至漆黑如洞穴的後方，只見一座通往二樓的簡陋木梯，及通往地下室的水泥梯。男人打開通往地下室階梯的電燈。

我們步下樓梯，沿冰冷水泥廊道抵達盡頭，眼前出現一扇堅固的門。那不但是雙層結構，且使用隔音材質，所以關上房門後，我們就完全與外界隔絕。

恐懼使我膝蓋不停顫抖，心頭一陣糾結。

「這裡就是從事黑市買賣的山口先生的祕密基地，請坐。」

「山口先生？」

我不自主地反問。他在「BON・BON」明明用的是木下……

「對，我在這兒叫山口明。總之，先坐吧。」

我站著環顧四周，發現此處似乎是辦公室。除圓桌外，還有張大辦公桌，上面放著桌曆和帳簿，不管怎麼瞧都是普通的事務所。我才鬆口氣，又從半開的房門中，窺見隔壁房間的擺設，頓時驚慌失措。

藉由微弱的燈光，我瞥見鋪著柔軟羽毛被的床角……

「音彌，給妳。」

原在角落櫥櫃前忙碌的敬三，忽然轉過頭，雙手各捧一杯盛有紅色液體的玻璃杯。

「我喝不下。」

「爲什麼?」

「我胸口悶得難受。」

「哦，我倒有好方法。」

男人將玻璃杯擱在圓桌上，冷不防緊緊抱住我，給我一個激烈的長吻。放開我後，他得意笑道：

「現在喝得下了吧。不過是淡酒，來，乾杯。」

伴隨痛苦難耐的思緒，我一口飲盡，旋即癱軟在沙發上，忍不住怒火中燒。

「你究竟要怎樣?我想趕快回家。」

「還早，才十點。更何況，我們必須擬定作戰計畫。」

「作戰?」

「音禰，妳不明白嗎?今晚八點前，妳拋下朋友離開日比谷公會堂，預計十一點多回到麻布六本木的家。期間，同爲遺產繼承人之一的競爭對手島原明美遇害身亡。而且，有個做黑市買賣的木下先生，帶著一名不正經的女人進入島原明美遇害的鄰房後，竟不知去向。儘管沒人知道那就是妳，但警方一定會以關係人的身分傳訊妳，以調查這段時間的行蹤。到時，妳打算如何回答?」

「你……」

「所以，作戰計畫是必要的。妳說過早覺悟無法逃離我的手掌心，對不對？」

「是的……」

「很好。百億遺產到手前，我絕不會放妳走。」

此刻，敬三的微笑彷彿淌著滴滴鮮血。

「況且妳也需要我。廝殺已開始，妳的競爭者身旁都有男人，笠原薰有妳舅舅佐竹建彥，海倫和瑪莉根岸有志賀雷藏，佐竹由香利有鬼頭庄七，全是狠角色。島原明美雖慘遭殺害，可是那叫古坂史郎的小混混絕非省油的燈。從他出現在紅薔薇座刺探敵情來看，就算明美遇害，他也不可能善罷甘休。懂了嗎？音禰，妳需要我這種聰明強悍的男人，我們結爲同盟吧。」

理智上，我對必須與這惡棍結盟一事極度厭惡。不過，我卻又衝動地想依靠著這男人。

「討論今晚的不在場證明前，有樣東西想給妳看。」

男人小心翼翼地打開上鎖的書桌抽屜。

「音禰，妳有沒有看過類似的照片或實景？」

男人抽出一張照片。乍見之下，一股莫名的顫慄貫穿我背脊。

那是以山丘爲背景的三層寶塔風景照。或許是在陰天拍攝，異常陰暗的畫面彷彿就要吞噬那座塔，隱隱透露多舛的命運。

不過，我發抖的原因不單如此，總覺得這座塔似曾相識。究竟何時、在哪見過？宛若塵封在遙遠老舊的記憶迷霧中，我實在想不起來……

三首塔的來由

「音禰，看來妳知道這座塔在哪裡。告訴我，拜託。」

男人的語氣帶著異於往常的認眞氣魄，不過我根本無從回答。

「我、我確實對這高塔有印象，可是不清楚在哪見過……」

「音禰、音禰，妳一定要想起來，好不好？這座塔對我們……不，對妳的人生有重大影響。」

男人神情激動，雙手抓著我肩膀拚命搖晃。即便身處命案現場，他也面不改色、臨危不亂，現下卻忽然情緒失控，我難以置信地茫然望著他。

「不可能，雖然感覺似曾相識，卻根本無法確定。就算我看過，也是小時候的事。」

「音彌，妳果然見過那座塔。記憶不會完全消逝，只是暫時埋在腦海深處。所以，求求妳回想一下。就算不是現在，也請努力盡快想起。」

「嗯，當然……」我不解地望著男人悲痛的神情。「這座塔是？」

「三首塔。」

雖然是預料中的答案，但聽到這不吉利的名稱時，我仍忍不住打起寒顫。

「爲何取這麼駭人的稱號？」

「塔裡供奉著三個木雕首級。一是妳在美國的親戚玄藏老先生，其餘分別是遭玄藏老先生殺害的武內大貳，及頂替罪名而遭斬首的高頭省三……」

我驚訝地睜大眼，久久說不出話。渾身上下彷彿爬滿恐怖的微生物，直教我毛骨悚然。

「武內大貳？莫非是放話要攻擊我們的武內潤伍的……」

「沒錯，他就是武內潤伍的祖父。據傳，玄藏老先生殺死武內大貳後逃之夭夭，最後由我和俊作的曾祖父高頭省三揹黑鍋，含冤被判死刑，落得身首異處。」

「身首異處？」

「嗯，對。妳可能不曉得，日本的死刑是明治十三年（一八八〇）後才改成絞刑。而此事年代久遠，發生在明治十一年到十二年間。」

男人哭喪著臉苦笑。

「玄藏老先生逃離日本，浪跡天涯好一陣子後，假冒中國人入境美國，一舉成功，飛黃騰達。一旦功成名就，不免擔心起往昔犯下的罪行。爲了贖罪，他將武內大貳的孫子潤伍帶到美國。倘若潤伍循規蹈矩，玄藏老先生原打算將遺產留給他，可是，如那天黑川律師所言，潤伍是個扶不起的阿斗，終於遭老先生逐回日本。之後，他決定讓有血緣關係的宮本音禰，也就是妳，與代罪羔羊高頭省三的曾孫俊作共結連理，繼承全部財產。」

「高頭俊作是你堂兄？」

「沒錯。」

「老先生爲什麼不選你？」

我恣意嘲諷，想刺傷他的自尊心，偏偏語氣沒預期的尖銳刻薄。

男人毫不在意的笑答：

「大概是我的性格不好，才沒被玄藏老先生看上。」

他深感不屑地大笑。

「先不提這點。玄藏老先生曾在昭和十二年前後返回日本，興建一座三層寶塔，供奉他殺害的武內大貳、代罪羔羊高頭省三和他自己的木雕頭像。從此，這座寶塔就被稱爲三首塔。另外，黑川律師應該給妳看過老先生最疼愛的高頭俊作和宮本音禰兒時的偷拍照。」

「這座塔對我的人生有何重大影響？」

「還不能告訴妳。倘使我們的……不，妳的敵手領悟其中的祕密，事情就再難挽回，所以一定要盡快找到這座塔。」

「可是，你怎麼如此清楚內情？」

「我無所不知。妳不覺得只要有關那百億財產，即使是芝麻綠豆般的小事都該曉得嗎？」

我又感到一陣冷冽的顫慄竄過背脊。

「那張照片怎麼來的？」

「這是玄藏老先生給高頭俊作的，他從小珍藏至今。他手臂上的『音禰俊作』刺青，是老先生為方便日後辨認留下的標記，大概是擔心有誰冒充吧。老先生似乎打心底喜歡高頭俊作和宮本音禰。」

突如其來的恐懼和疑惑在腦袋裡爆發，我冷不防站起身。

「啊，我終於明白。你殺害堂兄，並搶走照片。沒錯、準沒錯，惡棍，兇手果真就是你。」

「不管我是不是惡棍，妳都需要我。過來，時間不夠，我們到隔壁房討論今晚的不在場證明。」

「不要。」

「不要？」

「今晚請放過我。」

「哈哈哈，妳嘴裡這麼講，身體卻渴望著我。妳迷戀我，只是不願承認。來，我們何不坦誠相見，以身互許。」

男人把三首塔的照片丟進抽屜，走近僵立原地的我，一把抱起。

唉，我該不會又得深陷對懷孕的憂懼與不安吧……

染血的手帕

四十分鐘後，車子停在上杉姨丈位於麻布六本木的宅邸轉角處。一下車，漆黑中立刻有個男人走近。

「妳是宮本音禰小姐嗎？」

作賊心虛指的就是這種情況。做了不可告人之事的我，見到警察便本能地驚慌失措，不過我仍盡量壓抑內心的不安，神色自若地回答：

「嗯，我是宮本音禰。請問你是？」

「我是警察，正在等妳回家。欸，你過來。」

刑警向計程車司機喊道。

「這位小姐在哪裡上車的？」

「有樂町。」

「有樂町？沒記錯吧，拿出駕照。」

「好的。警察先生，發生什麼事？」

「別管，總之快給我看駕照。」

「是。」

接過駕照後，刑警藉手電筒的光輪流比對大頭照和司機的面孔。

「你叫新野吧。這位小姐幾點在有樂町上車的？」

「幾點……」

司機看一眼手表後回答：

「現在是十一點十分，她大概是十一點五分前上車的。夜晚車少，我開得較快。」

「她一個人？」

「對。當時她由數寄屋橋往日比谷走，聽見我招呼，沒多猶豫便開門上車。不過，有什麼不對勁嗎？」

不愧是惡棍堀井敬三的部下，皺著眉滿臉疑惑，演技逼眞。可是刑警悶不吭聲，只逕自在小冊子中記下司機的姓名和車牌號碼。

「走吧，之後隨時可能傳訊你，要有心理準備。」

「明白。那麼，就此告辭。」

計程車離開後，刑警轉頭解釋：

「抱歉，因爲發生棘手的情況。一起過去吧。」

「嗯，棘手的情況是？」

「等妳回家就知道。」

從街角到上杉家約一百公尺，我心慌意亂地和刑警並肩而行。

看來，約莫是「ＢＯＮ・ＢＯＮ」的命案已曝光。不過，警方怎會這麼快查到我？難道房裡留下任何足以辨認我身分的證據？還是警方特別關注我？

回到姨丈家門口，只見玄關和客廳燈火通明，且似乎聚集很多人。

「刑警先生，家裡怎麼回事？」

「沒什麼，不用擔心。大家都在等妳，請馬上到會客室。」

我在玄關脫掉外套，一踏進會客室，立刻感到血液直衝腦門。

除意料中的上杉姨丈、品子阿姨、等等力警官和兩名刑警，那頂著蓬鬆亂髮的金田一耕助，竟也神情肅穆坐在其間。

剛剛堀井敬三，也就是高頭五郎再三叮嚀我，要注意金田一耕助，不要被他邋遢的外表矇騙。這傢伙是厲害的角色，日後萬一失敗，肯定是栽在他手裡。

「音禰，妳到底去哪，怎麼現下才回來？」

上杉姨丈以前所未有的嚴厲語氣斥責道，我只能一臉慘白地默默站著。

「姨丈，對不起，我晚歸了。」

聽見不曾對我疾言厲色的姨丈說重話，我不禁熱淚盈眶。此時，品子阿姨從旁緩頰：

「誠也，別那麼凶。音禰，來我這裡。」

「是……」

「這些人忽然上門，表示有事要問妳。我想音樂會差不多已結束，便打電話給河合小姐。不料她告訴我，八點鐘左右妳忽然身體不舒服，所以先行返家。我和誠也非常擔心。音禰，妳究竟是去哪？」

「抱歉，我一直在銀座閒逛。」

「不過，宮本小姐。」等等力警官忽然開口：「說是隨意閒逛，但妳離開日比谷公會堂時不到八點，現下已過十一點。難不成妳閒晃三個多小時？」

「不，這……我還去電影院，也到咖啡廳休息。不過阿姨，究竟發生什麼事？」

「音禰，」姨丈突然厲聲插嘴：「妳的手帕呢？」

「手帕？」

「哎呀，別這樣。音禰，聽他們說，今晚發生一件命案。被害人胸口的匕首上纏著一條手帕，而那是……」

當時怵目驚心的畫面，忽然浮現腦海。那把硬生生插在臃腫的島原明美胸前的刀柄上綁著手帕……

「姨丈，那條手帕是？」

「嗯，警官先生，能讓音禰看看嗎？」

毋庸置疑，警官和金田一耕助都想在出示手帕前，先確認我的行蹤。因此姨丈貿然提出要求時，兩人不約而同地面露爲難之色。在姨丈的催促下，警官只好拿出手帕。霎時，眼前恍若一陣晴天霹靂，我頓時慌了手腳。

一角繡著Otone M.（註）字樣的手帕，確實是我今晚掉在日比谷公會堂前的那條，現下卻染上一圈血跡。

僞造不在場證明

對我而言，這條手帕隱含著駭人的雙重意義。

我的手帕爲何被用來行凶？還有，拾起手帕的究竟是誰？啊，莫非是建彥舅舅殺死島原明美？

「音彌，振作點。大概是妳弄丟手帕，遭惡徒利用。不，肯定沒錯，所以妳不需要太擔心。」

聽到毫不知情的品子阿姨這番溫柔的安慰，身懷罪孽的我悲從中來，忍不住雙手掩面。

「小姐，我們絕不是懷疑妳。如老夫人所說，想必手帕是不小心遺落在某處。」

我哽咽著點點頭。

「原來如此。那麼，妳記得掉在哪裡嗎？哦，妳似乎有印象。」

「在日比谷公會堂的大門階梯上……」

註—宮本音彌的英文縮寫。

以品子阿姨借我的手帕擦乾淚水，我打起精神抬頭應道。哭泣不能解決問題，而且我必須留意金田一耕助的神色變化。

「既然曉得手帕遺失的地方，爲什麼妳沒馬上撿起？」

哎，這教我如何回答？若照實說，恐怕會害建彥舅舅遭警方懷疑。或許是發現我面露遲疑，金田一耕助傾身向前發問：

「離開公會堂時，朋友有沒有送妳到大門口？」

「嗯，河合小姐和橋本小姐陪我走出公會堂。」

話聲剛落，一名刑警立刻起身，向阿姨詢問河合小姐的電話號碼後便離開會客室。

「妳說曾去看電影，還記得是哪家戲院嗎？」

「這……」

我歪著頭佯裝思考以掩飾劇烈的心跳，終於要與金田一耕助正面對戰。

「我原沒打算看電影，只是經過戲院時，忽然想避開人群獨處。不過，應該是位在新橋邊。」

「妳有沒有節目單？」

我取來掛在玄關的外套，從口袋掏出一份充滿藝術風格的節目單。金田一耕助接過隨手翻閱。

「妳幾點進戲院？」

「唔，走出公會堂後，我本要直接回家，但有事心煩……」

「心煩的事是指？」

金田一耕助連忙阻止等等力警官追究：

「沒什麼，請繼續。」

「嗯，我覺得有些鬱悶，想散步到銀座轉換情緒，沿途逛著卻突然興起。那時大約是八點三十分或四十分左右吧。」

「妳在裡面待多久？」

「其實，我只待十幾二十分鐘，因為不巧發生騷動。」

「騷動？」

「場內似乎混進竊賊。某觀眾高喊有扒手，大夥一陣混亂，全都站起來。我覺得很不舒服，便直接離開。對了，當時我看過表，剛好九點整。」

「原來如此。然後呢？」

「之後我就在銀座街頭閒晃，從尾張町一路走到有樂町。才想著差不多該回家，居然遇上怪事。」

「怪事？」

「我漫不經心地由有樂町高架鐵軌下方前往日比谷，突然有人從背後搶我的皮包。」

「哎呀，不過皮包不是在這兒？」

「多虧路旁的擦鞋童幫忙。我驚嚇過度根本喊不出聲，兩腳不住發抖，他卻機警地追上搶匪，不久就奪回皮包。」

「原來如此，之後妳便直接返家？」

「沒有，我不想狼狽地回家，而且也得給那孩子一些謝禮。」

「妳給他多少錢？」

「五百圓。」

「哦，然後呢？」

「我重返尾張町。接二連三的不順遂讓我混亂不已，只好先回尾張町。茫然站在路旁好一陣子，我再度邁向有樂町，沿途恰巧有間格調高雅、客人不多的咖啡店，就進去喝了杯蘇打水。」

「店名是什麼？」

「這……我沒印象。」

「從尾張町朝有樂町方向，店位在右邊還是左邊？」

「右邊。店面很小，裡頭只有一個十七、八歲的女孩。對了，我記得在藥局隔壁。」

「離開咖啡店後呢？」

「我恍惚走往數寄屋橋，遇見剛剛那司機招呼我坐車，於是……」

適才在路口等我的刑警向警官解釋來龍去脈時，先前出去打電話的刑警回到會客室。等等力警官低聲詢問情況後，忽然挑眉瞪眼，轉頭盯著我。

「小姐，妳最好老實說出事情經過。」

「咦？」

「河合小姐在通話中表示，妳在日比谷公會堂正門大廳偶遇熟人。對方熱絡地喊妳的名字，跟妳打招呼，可是妳一瞧見他，立刻匆匆逃下階梯，然後他便順手撿起妳掉落的手帕。那男人究竟是誰？」

「噢，他是……」

我頻面沁著汗水。這絕非演戲，我幾乎被逼得進退無路。可以的話，我不想講出建彥舅舅的名字。

「音禰。」坐在另一端的上杉姨丈溫和勸道：「這很重要，務必誠實回答。對方到底是誰？」

「好的，姨丈。嗯，是舅舅。」

警官和金田一耕助隨即交換眼色，果不其然似地點點頭。

「既然是建彥舅舅，妳何必急著逃走？」

「阿姨，當時舅舅不是一個人。」

「他另有同伴嗎？」

「嗯，他和那名雜技舞者在一起。我覺得在朋友面前很尷尬，也感到厭惡，所以明知手帕掉落，卻不想停下跟他們照面。」

我總算能直視手帕。只不過，瞥見金田一耕助小心翼翼地將電影節目單對折收進公事包，我禁不住心頭又是一震。

警報響起

哎，我竟變成如此邪惡、如此恐怖的女人。居然在對我有大恩的姨丈和品子阿姨、老練精幹的警官，及連堀井敬三這種惡棍都懼怕三分的金田一耕助面前，神色不改地謊話連篇。

當然，這些劇本皆是堀井敬三一手策畫，而那份電影節目單也是他預先備妥的。等稍後知曉我編造的不在場證明全部成立時，我才深切體會到這男人的可怕。

那座位於新橋附近的戲院，當晚約莫八點五十分確實發生扒手行竊的騷動。至於有樂町高架鐵軌下方，九點半左右也眞的發生搶案，有個擦鞋童幫年輕女子找回手提包，並當面指證救的就是我。

更令人訝異的是，有樂町往尾張町路上那間「薊」咖啡店，一名叫勝子的女服務生亦指證歷歷，表示十點半獨自點一杯蘇打水，茫然呆坐將近二十分鐘的年輕女子便是我。

堀井敬三果然人脈廣闊，勢力範圍不容小覷。擦鞋童和咖啡店女服務生想必都爲他所收買。這是他特意幫我安排的不在場證明。換句話說，他不僅命人在電影院製造扒竊的騷動，還派人在有樂町高架鐵道下演出當街搶皮包的戲碼。果眞如此，這壞蛋的思慮未免太過縝密，簡直教人害怕，而我的身心竟完全受制於他……

翌日，早報大篇幅報導「ＢＯＮ．ＢＯＮ」老闆娘島原明美遇害案。由於百億遺產繼承問題已眾所周知，引起社會極大的關注。

甚至有報紙下標題：爲爭奪百億遺產，以血祭血的屠戮會重複上演嗎？

原本擔心的建彥舅舅涉嫌部分，比預期更快獲得澄清。舅舅確實撿起我的手帕，卻隨意掛在公會堂的走廊扶手，有好幾名目擊證人。此外，他的不在場證明也已成立。

理所當然地，警方的焦點集中在島原明美身亡前同床的男人。當局似乎尚未查出那就是志賀雷藏，於是，連同消失在命案現場隔壁房的黑市商人木下及他的相好，三人成爲警方全力追緝的對象。

姨丈、品子阿姨，我對不起你們，眞的很抱歉。音禰已墮落，不單偷嘗禁果，且離不開那男人，請原諒……

我每晚以淚洗面，詛咒著逐漸向下沉淪的命運。

然而，爲維護姨丈的名譽，我發誓要嚴守祕密。但畢竟紙包不住火，一切努力終成泡影，曝光的這一天還是到來。

島原明美遇害後的第五天晚上七點左右，女傭阿茂告知河合小姐來電。接起話筒，我立刻發覺對方並非河合小姐。

「音禰小姐嗎？先提醒一下，待會兒聽到我的話後，千萬不能出聲或流露驚慌之色。我是由里子，還記得吧？」

伴隨著這急促的語氣，腦海浮現在車庫遇見的那個女人，我的手不住顫抖。

「嗯。」

「那麼，請馬上離家，到新橋車站西側出口等老爺……山口先生會去接妳。務必保持冷靜，避免引起旁人懷疑，明白吧。」

「喔，河合小姐，我懂了。不過爲何突然這麼做？」

「妳的處境危急，請盡速動身，沒時間多解釋。趕快，別耽擱，不多說……」

我想再開口問清楚時，電話另一頭便傳來刺耳的掛斷聲。

膝蓋不停顫抖，舌頭打結，心臟失控地怦怦亂跳。我握著話筒，茫然呆立原地。此時，玄關門鈴響起，阿茂踩著慌張的腳步走近。

「小姐，等等力警官和金田一耕助先生來訪，請妳到客廳一趟。」

只見阿茂背後兩名眼熟的刑警，眼神戒備地盯著我。

唉，我雖想力挽狂瀾，但看來萬事休矣。

3 CHAPTER

第三章

曝光

曝光

雖然自認已盡量表現得若無其事，可是一踏進客廳，我膝蓋卻不聽使喚地顫抖，兩頰也異常僵硬。

上杉姨丈、品子阿姨，及等等力警官、金田一耕助雙方如對峙般分坐兩側，屋內瀰漫著沉重肅殺的緊張氣氛。

我早料到會有這麼一天，已練就臨危不亂的能耐以應付這種場面。只不過，瞥見金田一耕助的神情，我頓時墜入絕望深淵。

視線交會的剎那，金田一耕助眼中不帶一絲得意或嘲弄，反倒充滿前所未見的憐憫，旋即不忍卒睹似地別開臉。

他的態度刺傷我的自尊心。我不需要敵手的同情，寧可受譏諷還較輕鬆自在。

撇開這點不談，金田一耕助流露惻隱之情，顯示他們已掌握具體證據。

「姨丈、阿姨，找我有什麼事嗎？」

「音禰，快進來。他們似乎又有疑點想請教妳。」

品子阿姨溫柔地招呼我。姨丈則愁眉苦臉，不停吞雲吐霧。

「好的。」

我戰戰兢兢地在阿姨身旁坐下後，姨丈像是再也按捺不住，忽然往菸灰缸裡用力壓熄菸頭。

「警官，你們有完沒完啊？三番兩次偵訊年紀輕輕的黃花閨女，難道你們不認爲這是種嚴刑拷問嗎？」

「怎麼會，小姐只要實話實說就好。」

等等力警官面色凝重，態度卻是遊刃有餘，讓我不寒而慄。

「實話實說？」

上杉姨丈顫聲怒斥：

「意思是音禰撒謊？你認爲她有所隱瞞嗎？」

「不、不，您別生氣。這也是想請小姐說明的原因，若能證明她的清白……」

「證明清白？你是指音禰有什麼不可告人的祕密？」

「算了，誠也。你這樣大吼大叫根本無濟於事，先聽聽他們怎麼講，我相信音禰不可能……對不對，音禰，沒問題吧？」

「嗯。」

雖然如此回答，我卻爲愧對姨丈和品子阿姨而內咎不已。姨丈望著我半晌後移開目光，暫且壓下怒氣，不再開口。

「那麼，」警官凜然問道，「小姐曉得新宿的『BON・BON』酒吧嗎？」

心頭頓時一陣慌亂，不過我告訴自己不能認輸。

「嗯。」

「爲什麼？」

「新聞報導過，聽說島原明美在那裡遇害。」

在這節骨眼，迅速與等等力警官交換眼神的金田一耕助臉上又掠過一抹憐憫之色，我不禁胸口一緊。

「不，我的意思是，或許妳去過這間酒吧？」

「荒唐，簡直太荒唐。」

上杉姨丈火冒三丈，怒氣沖沖地挺身向前。

「你把音禰當什麼，膽敢如此失禮。這不單是對音禰，對我也是莫大的侮辱。」

「好了，誠也，克制一下，這樣會嚇到音禰。來，音禰，好好回答。妳不曾到那種地方吧？」

「是……」

「小姐，妳眞的沒去過『BON・BON』？」

「是的。」我再次肯定地回答。

上杉姨丈鬆口氣，語氣也和緩許多。

「警官，怎會認爲音禰曾在這種地方出沒？手帕的疑點不是早已解開？」

「教授，我們覺得事有蹊蹺。」

警官的目光一直停留在我臉上。

「相信教授已從報上得知，有對男女投宿在島原明美遇害的鄰房，卻忽然消失無蹤。警方懷疑他們涉案，於是徹底搜查房內，努力採集指紋。不過，匪夷所思的是，竟沒發現任何指紋。這不是很不自然嗎？那樣人來人往、住宿客絡繹不絕的場所，應當留下眾多紛雜的指紋，豈料一枚也找不到，一定是有誰……想必是那對男女將指紋清除得一乾二淨。所以，我們認爲他倆一定和本案有密不可分的關聯，便加把勁重新進行地毯式勘驗，終於在意外的地方尋獲指紋。」

正當我聽得忐忑不安之際，突然響起一陣急促的敲門聲。

「不好意思，老爺，有位黑川律師派來的堀井敬三先生求見。」

功虧一簣的不在場證明

堀井敬三。聽到這名字，原本緊繃的神經頓時放鬆，沒有哪一刻更讓我感覺到他的重要。

他肯定是擔心我才趕來，且希望我能因此增加勇氣。

自他替我策畫那巧妙的不在場證明後，我便視他爲超人。眼下，我心目中的超人及時趕到，或許我能逃過一劫。對，我絕不可功虧一簣，一定要穩住陣腳，想辦法逃脫這危急狀況。

「喔。」姨丈微微蹙眉，「現在不太方便，請他在外面稍待，或改天再來。」

「他說可以等。」

「哦，是嗎？那挪張椅子讓他坐吧。」

接著，姨丈面向警官。

「抱歉，在意外的地方發現指紋是怎麼回事？」

「那間房的牆上有個小孔能窺視隔壁，也就是島原明美遇害的現場。至於牆上爲何留有小孔，因與案情無關，不多詳述。只是，我們從孔上掛著的畫框玻璃，採到一枚女性的指紋。」

原來如此，我瞬間跌入絕望深淵。那天摸黑窺看時，堀井敬三拿著畫框，不僅我沒察覺自己曾不經意觸及玻璃面，連他也疏忽了。唉，我已末路窮途，無路可走。

「意思是，那是音禰的指紋嗎？」

姨丈目不轉睛地瞪著我，臉上閃過一絲惕慄。警官爲難地點點頭。

「音禰，怎麼會這樣……」品子阿姨也驚喊。

我感到身體彷彿結凍般冰冷。不過，警方如何曉得那是我的指紋？

「小姐上次提供的電影節目單留有她的指紋，我們加以比對，兩者竟一模一樣。」

我氣得咬牙切齒，不禁恨恨睨向金田一耕助。噢，我終於明白他小心翼翼將節目單收進公事包的理由。

「音禰！」

一陣沉默後，姨丈突然厲聲責問：

「眞的嗎？警官的話是眞的嗎？妳去過那種地方？」

「好了，誠也，不要咄咄逼人。」品子阿姨接著面向警官，「上次有人利用音禰遺失的手帕犯案，這次該不會也是遭到嫁禍？」

「呵呵，老夫人，這可是指紋，要瞞著小姐偷偷把她的指紋帶到那裡，似乎有點……」

「沒想到警官居然這麼回答。請問那畫框多大？」

「頗大，長約一尺左右。」

「我猜也是，再說那畫框是能拿下的吧？尤其是那面玻璃可拆卸，要覓得留有音禰指紋的玻璃應該不會太難，畢竟誰都可能不經意觸摸到玻璃。有心人只需尋獲這樣的玻璃，再按畫框尺寸裁切，悄悄將原本的玻璃掉包……這並非辦不到。」

警官不禁愣住，望著金田一耕助。

雖然很感謝品子阿姨幫忙解圍，但我不認爲能因此脫困。從她的眼神中，我曉得她也不相信自己的說詞。我心頭一陣難過，深深感到歉疚。

等等力警官和金田一耕助交頭接耳，低聲討論半晌後，再度面向我們道：

「既然老夫人有疑慮，我們只好請『BON・BON』的店員過來。值櫃檯的小雪供稱曾與那男人交談，並指出當時女人就站在男人身後，再看見的話一定能認出。教授，方便借用電話嗎？」

這就是警官手上最後一張王牌，他語帶威脅地準備起身。

「啊，等一下。」

姨丈出聲阻止，面色益發凝重。

「那男人到底是誰？報上稱他從事非法買賣，音禰怎會和這種男人扯上邊……」

「關於這一點，我們正想請教小姐。店員只知他姓木下，其餘一無所悉。倘若小姐當晚確實去過『ＢＯＮ·ＢＯＮ』，代表先前的供述全是虛構。為預防萬一，我們重新調查不在場證明，卻發現兩名最有力的證人，擦鞋童和『薊』咖啡店女服務生勝子，都已銷聲匿跡。」

等等力警官斜睨著我，猛然探身向前。

「教授，要策畫這麼縝密的不在場證明不容易，其中必定有重大的情由。不過，我們較感興趣的，是製造如此天衣無縫的不在場證明的能力。小姐，能否告訴我們，這個叫木下的黑市商人究竟是何方神聖？妳又是怎麼認識他的？」

啊，我終於被逼到無路可退。金田一耕助、等等力警官及另兩名刑警，都全神貫注地盯著我。姨丈和品子阿姨臉上流露難以形容的恐懼和不安。

我渾身僵冷，迷茫間踉蹌站起。此時，屋內燈光忽然一齊熄滅……

錯誤的逃亡

我不太清楚接下來發生什麼事，只記得恍悟這是堀井敬三要我快逃的暗號後，萬念俱灰的我頓時恢復活力。

由於恰巧坐在最靠近門邊的位子，一片漆黑中也能正確掌握方向，我忙不迭奪門而出，並反手鎖上扣環。這是當年會客室遭小偷後，品子阿姨請人加裝的，沒想到竟在此時派上用場。

「音禰、音禰……」

品子阿姨的呼喚聲中夾雜著刑警的怒吼，我頭也不回地奔向大門玄關。

「啊，是誰？」

黑暗中，撞個正著的男人俐落地遞給我鞋子。

「依剛才電話裡的指示行動。」

男人低聲吩咐完，我拎著鞋子穿過走廊，迅速奔向廚房。由於擔心屋內的刑警發現我走正門會跳窗攔阻，我草草套上鞋子跑出後門，卻似乎聽見阿茂追上來的動靜，幸好後巷蜿蜒曲折宛若迷宮。但我心慌意亂，如墜雲霧般在巷中往復穿梭，最後總算繞到大馬路。此時，背後忽然有人叫住我。

「請問是上杉家的千金嗎？」

我心頭一驚，趕忙轉身，只見昏暗角落裡站著一名戴鴨舌帽與墨鏡，以圍巾遮掩臉孔的男子。

「果然沒錯。」

這親切熱絡的語氣，竟讓我誤認他是堀井敬三的接應。

「你是堀……」

我才想回話，忽覺不對，趕緊改問：

「你是山口先生派來的嗎？」

「是的，我一直等在後門。請跟我走。」

一到大馬路上，男子隨手攔下經過的計程車。坐上車，我只覺得渾身骨頭快散開似地疲憊不堪，不禁癱軟在座墊上。

唉，我怎麼落得這種境地？看來我已身敗名裂。記得在哪讀過「逃亡等於坦承犯行」，今晚我倉皇脫逃，明天一定會見報。朋友知道後將做何感想？算了，怎樣我都無所謂，不過……

「音禰、音禰……」

品子阿姨悲戚的呼喚始終迴蕩在我耳邊，久久不能平息。

若非身旁有人，我肯定忍不住號啕痛哭。不過，眼下不是流淚哀傷的時候。姑且不論帶路的男子，我絕不能讓計程車司機起疑。只是，在這麼寒冷的季節，我連外套都沒穿就跑出來，實在……

男子指示司機開往澀谷，抵達後又領著我轉搭地下鐵到虎之門站。

「咦，不是要去新橋嗎？」

「不，必須防範跟蹤。」

接著，我們在文部省轉角處攔計程車到東京溫泉站。從銀座沿後街走到京橋附近，再坐上計程車。一路上男子幾乎沒開口，我也累得說不出話。不過，我仍暗自讚歎，男子不愧是堀井的部下，辦事極為謹愼小心。

之後，我們輾轉換乘兩三輛計程車，最後來到牛込附近的江戶川公寓。車子沒停在公寓正門，而是側門口。此時已接近九點，四周不見半個人影。見男人打算走進公寓，我十分訝異。

「咦，我們不是要去新橋？」

「那只是故布迷陣，其實山口先生在這裡等妳。爲掩人耳目，他才刻意這麼講。」

我疲憊得失去思考能力，如傀儡般毫不猶豫地隨他爬上樓梯。

我們順利到達三樓，途中沒遇見任何人。男子站在一扇門前，從口袋掏出鑰匙。我不以爲意地望著他單手抵在門邊，事後回想才發覺他是要遮掩名牌。開門後，男子說：

「請進。最好把鞋子帶到屋內，以免引人注意。」

脫鞋時，我才發現腳上是雙全新的鞋。噢，堀井敬三眞是考慮周延。他擔心拿原本放在玄關的鞋給我，自己也會招致懷疑，因此預先準備新鞋。我再度體會到他的可怕。

這層樓共有三間房，我們走進中央充當起居室的那間，霎時，一股莫名的厭惡湧上心頭。

很明顯地，這是女人的住處。三面鏡梳妝臺上擺滿各式香料和香水瓶，櫥櫃上放著法國洋娃娃和博多人偶，另一側牆面則吊掛著俗豔的服裝。我感到備受羞辱。

「山口先生要我在這裡等他嗎？」

「噢，其實不是這麼回事。哈哈哈。」

隨後進來的男子忽然迸出一句費解的話，我驀地一驚，猛然回頭。眼前彷彿一陣晴天霹靂，我不由得瞠目結舌。

早摘掉帽子、取下眼鏡和圍巾站在我身後的，竟是雙胞胎根岸蝶子和花子的姘頭，也就是紅薔薇座的老闆志賀雷藏。

巧克力罐

我頓時驚恐得渾身顫抖，既說不出話，也無法動彈。

他絕不可能是堀井敬三的使者。我居然如此輕易上當，掉進他設下的圈套。

神哪，這情況未免過於震撼。我才從先前的困境中脫身，隨即被逼得走投無路，老天爺實在太過分、太殘忍。

「哈哈哈，沒什麼好大驚小怪的。大小姐，來這邊坐。」

「你是……你到底想怎樣？」

「別擔心，我只是想和大小姐聊聊。對了，我得先道謝。大小姐，非常感激妳這麼維護我。」

「維護你？」

「哈哈哈，別再裝糊塗，我們打開天窗說亮話吧。請坐，站著不好談。在這兒儘管放輕鬆。」

志賀雷藏脫去外套，扯掉領帶，一派慵懶閒適地坐在扶手椅上。他擱在手把的左指，戴著一枚閃閃發光的粗大金戒。

「請讓我回去，我還有急事……」

「妳是指山口明先生在新橋等待嗎？」

聽見他的話，我禁不住呼吸急促，踉蹌倒退一步。我竟一時不察，洩露祕密，讓他抓到把柄。

「總之，我不會害妳的。坐吧，妳氣色很差，想必累壞了。房門已上鎖，鑰匙就在我口袋。再說，警方不是在緝捕妳嗎？」

我終於體力不支，癱跌在扶手椅上。

這男人很清楚我的弱點。他知道以我現在的處境，根本無法出聲向外求救。啊，眞想咬舌自盡。

「用不著緊張兮兮地，人生不就是彼此相互幫忙嘛。如何，要不要嘗嘗？」

桌上放著打開的巧克力罐，兩三枚鮮豔的糖果紙隨意扔在旁邊。

「試試看，這種時候吃點甜食會輕鬆許多。不想吃嗎？那我就不客氣了。怕什麼，又沒下毒。」

志賀雷藏大口咬著巧克力說：

「坦白講，我很詫異。當初在『BON·BON』店門口擦身而過時，我並未發現那是妳。之後，我察覺曾遇見報上提到的那對可疑男女，於是反覆思索兩人究竟是何方神聖。突然間，我憶起當天稍早那女子曾出現在我的秀場入口，不由得膽顫心驚，甚至毛骨悚然，感覺彷彿有抹隱形的鬼魅暗中跟蹤我。」

志賀雷藏又剝開一顆巧克力。

「我努力地回想那對男女的行蹤。從他倆先出現在紅薔薇座，又急著趕去『ＢＯＮ・ＢＯＮ』來看，想必與那筆遺產有關。果眞如此，他們一定曾出席黑川法律事務所的聚會，也與我碰過面。但印象中，那天沒瞧見這樣的女人。若是笠原薰，體型似乎小了點；若是佐竹由香利，年紀似乎又大了些。她自然不可能是蝶子或花子，而島原明美跟我在一起。這麼一來，只剩宮本音禰，也就是大小姐妳。我茅塞頓開，無比震驚，連忙從殘存的記憶中找出妳的身影，逐一消去蒙臉的長圍巾、老氣的厚框眼鏡及濃妝豔抹，終於確定那便是妳。我簡直難以置信，卻也喜出望外。」

志賀雷藏丟顆巧克力進嘴裡，含味咀嚼，露出淫笑。

「對我們這種人而言，大小姐像高嶺之花，難以親近。可是，妳當時那副風騷的模樣打破我的認知，給予我很大的希望。雖不曉得木下這個做黑市買賣的是什麼角色，但看來不過是個鄉下人。與他相比，我算不錯的。妳覺得如何？我可不是開玩笑，講眞的……」

扶手椅嘎吱作響，我發覺他就要起身，連忙抬頭，頓時害怕得直冒雞皮疙瘩。

志賀雷藏旺盛而無從發洩的精力，彷若在皮膚底下沸騰。亢奮的情慾使他額頭、臉頰及唇上泛著黏膩油光，眼裡閃爍著戾色。

「…………！」

我立即從椅子上彈起，低聲哀鳴。然而，狹窄的房內堆滿家具雜物，害我不及閃躲。

「別怕，大小姐，沒什麼好怕的，我只是想謝謝妳沒向警方供出我的事。我也想和木下聊聊，不過還是先讓我好好報答妳吧。這可是壯漢對美女的尊榮款待。」

我終究被志賀強健的雙臂緊緊摟住。儘管拚命掙扎抵抗，但悲慘的是，我沒辦法放聲求救。噁心的體臭衝進鼻腔，他慾望高漲的猙獰面孔直撲眼前。

「不要、不要，走開！」

「喔，別這麼說，嘴唇、嘴唇……」

咦，發生什麼事？

「不要，拜託你饒了我……」

奮力抵抗之際，志賀突然發出痛苦的呻吟，原本緊抱我的手氣力頓消，只見他全身軟趴趴地滑到地上。

毒殺雙重奏

志賀雷藏倒地呻吟的當下，我還不清楚發生什麼狀況，僅能茫然呆立。不過，我立刻回神，躍過他的軀體。

我整理著散亂的頭髮和上衣走向玄關，忽然想起志賀曾提及房門已上鎖，而鑰匙放在他褲袋裡。

於是我駐足門前，一股絕望之情湧上心頭。儘管害怕回到志賀身旁，但我非拿到鑰匙不可，否則無法離開。

萬不得已，我重返起居室。只見志賀趴在地板上，緊抓著絨毯，肥胖的身軀劇烈痙攣，像是蠕動蛇行。

我不禁愣住。我確實曾奮力反抗，不過憑我一個弱女子，真有辦法將這壯漢擊倒嗎？

此時，志賀發出微弱含糊的話聲：

「水、水……」

說完他立刻吐出一大口鮮血。

瞧見這怵目驚心的景象，我突然憶起姨丈壽宴當晚，舞孃笠原操的驚悚死狀。她全身猛烈抽搐，像遭斬斷的壁虎尾巴，反覆蜷縮不止，還口吐鮮血。

眼前一陣晴天霹靂，我不禁緊盯桌上的巧克力罐。一張張色彩繽紛的巧克力包裝紙，宛若邪惡花束。剛剛在志賀雷藏的慫恿下，我差點吃也下巧克力。

「水、水……」

渾身失控痙攣的志賀又逸出呻吟。我連忙衝出房間，穿過走廊尋找廚房。很快地，我發現廚房就在玄關旁，於是飛奔過去打開電燈。

「哎呀！」

居然有個女人倒臥在白磁磚上。她身穿華麗睡衣，外披俗豔睡袍，手指僵硬地扒著血跡斑斑的地磚。從蜷曲的軀體和散亂皺摺的睡衣來看，她死前一定經歷難以言喻的痛苦折磨。

我腦海裡閃過起居室桌上那罐巧克力。

女人約莫是吃了那些巧克力，毒發後口乾難耐，才會用盡最後一絲力氣爬到廚房。

我怯怯窺探女人的容貌，頓時嚇得無法動彈。

雖然辨認不出究竟是蝶子或花子，但這女人應是她倆之一。原來此處是根岸姊妹的住所。

我輕輕撫觸女人的頰面，發現她早斷氣。只是，雙胞胎的另一人在哪？莫非她也變成一具冰冷屍體倒在別間房？

噢，老天爺實在太過分、太殘忍，血腥命案再不停止，我恐怕就要崩潰。

我恍惚呆站，迷茫注視著攤在白地磚上的華麗睡袍。半晌，我才想起要拿水給志賀雷藏。

「志賀先生、志賀先生，水來了……」

我跪坐在他身旁，輕輕抬起他的頭。

「啊呀！」

我不禁失聲尖叫，杯子應聲落下。

志賀雷藏的鼻子浸在他吐出的血塊中，滿臉鮮紅。驚恐中，我膽怯地探向他的手腕，發現脈搏已不再跳動。

我猛抓腦袋，幾乎快發狂。傍晚至今發生的每一幕，彷彿電影情節斷斷續續在我腦海裡播放。

不久，我赫然清醒，總之得先逃離這裡。光『BON・BON』一案，我的名譽就……不、不，我不在乎名譽，可是上杉姨丈或許會因此名聲掃地，假如此事又曝光……

我畏怯地往志賀雷藏的褲袋翻找鑰匙。死掉的男人……要從死狀如此淒慘的男人褲袋掏鑰匙，需要十足的勇氣，但逼不得已，我非這麼做不可。

終於找到鑰匙！我汗濕的手緊握鑰匙，剛走到玄關，門外卻傳來上樓的腳步聲，一對男女談笑著逐漸靠近。

逃離虎口

啊，有人來了。我頓時陷入絕望深淵，全身力氣彷彿瞬間掏空，雙膝一軟，差點跪下。

我知道在這節骨眼上，絕不能灰心喪志。於是，我重新鼓起勇氣，迅速關掉玄關照明，拎著鞋子溜進廚房，熄燈屏息歛氣，佇立在黑暗中。

我膽顫心驚地與屍體共處一室，總覺得那冰冷的手似乎會突然抓住我的腳踝。所以，我盡可能遠離屍體，縮在廚房一隅，且套上鞋子以防萬一。

此時，足音來到房門前。

「奇怪，室內怎麼忽然變暗？」

「大概是瑪莉關的燈吧。」

「可是她應該會聽見我們的腳步聲，難道她這麼壞心眼？」

「說不定老闆來了。」

「老闆在不好嗎？」

「無所謂，反正我們只是普通朋友。」

「呵呵，史郎膽子眞大。」

「不過，我可不想故意招惹他。」

「別擔心，老闆最近不知怎麼回事，老心神不寧，怕東怕西的。」

從這番竊竊私語聽來，兩人是雙胞胎姊妹之一和古坂史郎。島原明美遇害後，史郎就轉而接近這對脫衣舞孃。不久，大門打開，玄關燈亮起時，女人輕喊：

「哎呀。」

「怎麼啦，海倫？」

「你看老闆的鞋子……」

女人細聲低語，男人愣一下後應道：

「哦，他果然在這裡。」

「怎麼辦？」

「我也沒輒，總不能就這樣回去。反正喝杯冰水再走也不遲。」

「是嗎？不好意思。不過史郎，你可千萬別觸怒老闆，他生起氣很嚇人的。」

「嗯，明白。我就說是來探視瑪莉。」

「對、對，就這麼解釋。」

兩人悄悄交談，打定主意後，蝶子愉悅地放聲大喊：

「花子，我回來了。妳好點沒？」

當然毫無回應，但蝶子不以為意，繼續道：

「老闆在這裡嗎？史郎來探望妳。」

房內依舊鴉雀無聲。蝶子似乎有些詫異，在玄關倏然停步。

「奇怪，感覺不太對勁？」

「或許兩人在親熱。」

「怎麼可能。總之先進去，史郎。」

史郎脫鞋進屋。「海倫，我口很渴。這邊是廚房嗎？請我喝杯水吧。」

我的心跳差點停止。史郎走到廚房尋找電燈開關，雖然我看得見他的身影，他卻看不見我。但只要他開燈……我冷汗直流，千鈞一髮之際，蝶子的話救了我。

「別胡鬧，慢吞吞的，老闆反而會起疑。」

她抓著史郎的手臂退回玄關。

「老闆，你來啦。史郎上門探望瑪莉，記得他吧？」

「瑪莉，妳還好嗎？聽說妳感冒啦？」

靜待兩人腳步聲遠離，我才衝出廚房。所幸大門沒上鎖，一溜煙鑽到外頭時，房裡傳來蝶子和史郎的驚叫及物品傾倒碰撞的聲響。

硬撐著顫抖的膝蓋蹣跚步下二樓時，有個身披睡袍的中年男子站在樓梯下，我大吃一驚，卻無法折返。對方一臉狐疑地望著我。

「發生什麼事？」

「嗯，爲何這麼問？」

「我一直聽到樓上房間傳出鏗鏗鏘鏘的噪音，所以……」

「我不清楚。」

我盡量背著臉穿過男子身旁，接著一口氣衝下樓。

隱約感受到男子帶著猜疑的眼神目送我，我再度陷入絕望。好不容易躲開史郎和蝶子，卻遭陌生男子撞見。他一定會告訴警官曾在樓梯間遇到我。

唉，我眞想從此消失，一了百了。

我沉澱混亂的情緒，漫無目的地在漆黑街道上徘徊，最後竟來到飯田橋附近。回過神瞄向手表，居然已過九點半。我逃出上杉姨丈家時，還不到八點半。

堀井敬三的手下由里子在七點左右打電話告訴我，山口老爺會在新橋車站西側入口處等候。山口老爺其實就是堀井敬三。

沒想到，堀井敬三居然親自到上杉姨丈家。或許他察覺事態緊急，連忙趕來救我。從他叮囑我按電話裡的指示行動判斷，新橋車站一定有人接應。只是，現下已超出約定時間兩小時以上，接應的人還在嗎？

找不到他，我將無處可去……

我恍惚走進飯田橋車站，站在售票口，才想說「新橋」，隨即機警地改口要一張到品川的車票。剛剛志賀雷藏連續換車的謹慎作風，給我上了一課。

無論能不能見到面，我只有前往新橋碰碰運氣。

我在新橋下車，一步出西側出口，立刻有輛計程車跟上來。

「小姐，要不要搭車？」

我看司機一眼，發現竟是山口明。剎那間，難以言喻的喜悅和思念之情油然而生，我忍不住熱淚盈眶。

於是，我更加依賴、更加思慕這個壞胚子。

逃亡

「音禰。」

車子開動後，坐在駕駛座的山口明，也就是堀井敬三或高頭五郎，囑咐道：

「待會兒再告訴我事情經過。旁邊有外套、圍巾和墨鏡，妳先稍做裝扮。這種天氣不穿外套很怪。」

「嗯。」

我俐落地穿上外套，盡可能以圍巾覆住臉部，並戴上墨鏡。外套帶來的溫暖及變裝後的安全感，讓我逐漸恢復鎮靜。

「我們接下來要去哪裡？」

「上次去的地方。」

「那邊安全嗎？」

「現階段還算安全，到時候還是得換藏身之地。不過，音禰，以後妳沒有我可就活不下去了，哈哈哈。」

命運的安排是殘酷的。意外捲入這場超乎想像的血腥案件中，我得順從命運的安排，繼續編織不可思議的網絡。原本純潔、誠實而端莊的我，一夕之間竟成爲必須依靠來歷不明的男人，否則無法單獨生存的逃犯。

唉，逃犯。男人從照後鏡裡發覺我不停顫抖著，便問道：

「音禰，發生什麼事？」

「…………」

「過去的三小時裡，妳這身打扮在何處閒晃？」

「對了，大事不妙。」

「怎麼？」

「志賀雷藏慘遭殺害，根岸花子也……」

車身忽然猛烈搖晃，不過男人迅速穩住方向盤。

「音禰。」男人語氣十分嚴厲，「這段時間妳和志賀雷藏在一起嗎？」

「他蒙著臉，我誤以爲是你的手下。」

「之後他帶妳去哪裡？」

「根岸姊妹的公寓。」

「哦，應該是江戶川公寓。當時蝶子或花子在嗎？」

「不在。這個，就是……」

「音禰，妳該不會和他有問題吧？莫非他侵犯……」

「果眞如此，我早活不下去。」

「不過，當初妳不也很輕易就原諒我？」

「這話什麼意思？」

一股強烈的憤怒和屈辱感從我心底竄燒開來。

「放我下車，我要在這裡下車。」

「對不起、對不起。」

男人見我打算起身，立刻溫柔地安撫道：

「抱歉，是我不好。我只是有點吃醋，我相信妳。那麼，志賀雷藏已死？」

「對。」

「難不成根岸花子也已身亡？」

「沒錯。」

「好，等一下再告訴我詳情。音彌，請原諒我剛剛的失言。」

我雙手掩面，淚水從指縫間流下。

不論這男人如何侮辱我，我都無法離開他獨活。不單是爲逃避警方的追緝，更重要的是，我的身心早屬於他。

男人沒再出聲，車子繼續在暗夜裡馳騁。半晌，他又溫柔地說：

「音彌，別哭了。擦乾眼淚，重新補個妝。後面的手提包裡有化妝品，妳不想讓由里子瞧見自己狼狽的樣子吧？」

「嗯。」

我順從地點點頭，打開身旁的手提包。就在我補妝時，車子駛進上次那座車庫。儘管車庫裡空蕩蕩的，不過先前那女人察覺有動靜，立即走出屋外。

「小姐，妳不要緊吧？」

女人看見我，露出放心的笑容。

「音禰，妳可得向由里子道謝。她很擔心妳的安危呢。」

「是，謝謝妳剛才的電話。」

不得已，我只好向這來歷不明的女人鞠躬致謝。

「哪裡，別客氣……」

「由里子，今後不能喚她小姐，要叫她太太，千萬不可洩漏她的身分。」

「我明白。」

「音禰，我們進去吧。」

男人牽著我的手，來到加裝隔音設備的地下室。他小心翼翼打開兩道門鎖後，竟突然把我抱個滿懷，狠狠給我一吻。

「總算能放下胸中大石。我眞的好擔心，不曉得妳究竟跑到什麼地方。」

男人鬆開我，步向後方的櫥櫃，和上次一樣爲我斟酒。

「來，一口氣喝完這杯。等妳情緒恢復穩定，再上床好好聽妳說。」

我只能順從男人的指示，仰頭喝光玻璃杯中的烈酒。雖然稍微嗆到，可是四肢馬上感覺暖烘烘的。

「哦，妳的臉色好很多。過來，讓我抱一下。」

男人脫掉我身上的外套和圍巾，打算摟住我。

「不要。」

我撥開他的手。

「不要？爲什麼？」

「你那張臉……」

「哈哈哈，原來妳不喜歡山口明。也對，妳心儀的是高頭五郎或堀井敬三。沒問題，我待會兒就換掉，這總行了吧？」

「嗯。」

「哈哈哈。」

男人再次開懷大笑，輕輕擁住我。

痴情的泥沼

「音彌，差不多該告訴我今晚的事了。」

緊閉的房內瀰漫著熱情纏綿的餘韻，激情過後的倦怠感，終於讓我重新找回自己。男人環抱著我，在我耳邊低語。我炙熱的臉頰緊貼在男人厚實的胸膛上。

我依偎在他懷中，應他要求巨細靡遺地描述來龍去脈。當我提及差點遭志賀雷藏侵犯時，他忍不住插話：

「原來那傢伙企圖染指妳。」

「嗯，假使沒那些毒巧克力，眞難想像我會有何下場……大概再也無顏繼續苟活吧。」

「不過，妳還是原諒我，也沒尋短。」

「你怎麼又……」

「不，我並非想嘲弄或諷刺妳。對象若是志賀這傢伙，我相信妳肯定寧死不屈。但我希望妳能明白，其實妳深深愛戀著我。初次在國際飯店走廊上相遇時，我倆便已一見鍾情。妳不覺得嗎？」

男人難得一本正經。那麼，當時心中莫名的騷動和震撼，莫非就是他敘述的那種情感？

「小心哪，音禰。妳的美貌彷彿一劑痲藥，不管誰面對妳，大概都無法抵擋那股撕心裂肺般的靈魂震顫。想到別人對妳輕舉妄動，我便感到痛心疾首，憤恨難消。音禰，我絕不會放妳走，絕不會將妳拱手讓人。」

男人忽然發狂似地緊抱我好幾次，吻如細雨般點點灑落。

「哈哈哈。」

男人喉嚨深處發出低沉的笑聲。

「繼續吧，我不會再打斷妳的話。」

在他的催促下，我接著講述血腥的凶案。待我語畢，他默默陷入沉思，半晌才開口：

「妳的意思是，瑪莉根岸今天傷風感冒，向秀場請假在家靜養。不料，吃下客人送的巧克力後痛苦難耐，爬到廚房找水喝時不支倒地。可是，志賀雷藏不知情，以為瑪莉和海倫都已去紅薔薇座上班，便帶妳回公寓，還隨手拿桌上的巧克力當點心。沒想到，在對妳糾纏不放之際，他忽然毒發身亡。是這樣嗎？」

「對。」

「然後，妳正要逃走時，海倫和史郎卻一起回到公寓。」

「是的。」

「這是什麼情況，他倆有男女關係嗎？」

「不太清楚，但確實有那種感覺。」

「音禰，妳要特別提防史郎。別看他像毛頭小子，聽說他對女人很有一套。」

「你這麼不相信我？」

「音禰，我的意思是，像古坂史郎這種好色之徒，不會對妳的美色無動於衷。以往妳養在深閨，他沒機會下手，現下妳離家出走，他自然視妳為同類，必會千方百計試圖和妳接觸，妳千萬不能上當。」

我想表示自己沒這麼不檢點，但如此只會招致不愉快，於是我撫弄著他的衣襟，不發一語。

「敬三。」換我主動開口，「你今天為什麼會到我家？真的是黑川律師差你上門的嗎？」

「是啊，不過那並非急事。」

「那麼，你是特地趕來救我的嗎？不過，你怎知我危在旦夕？」

「這點不能透露，因為涉及我的工作機密。」

「你在警視廳一定有眼線。」

男人不吭聲，只靜靜撫摸我的頭髮。

「之後姨丈家的情況如何？」

「嗯，一片混亂。刑警跳窗出去，我也裝成驚慌失措的樣子，故意拖一陣才幫忙打開門上的扣環。這下，究竟是誰關的燈便成爲疑點。首先，因爲我是初次造訪，壓根不曉得總電源在哪裡，何況我一直待在玄關。警方原本懷疑是阿茂所爲，但鄰居目擊有個可疑男子守在後門。而阿茂也表示，雖曾注意到那男子，卻誤以爲是刑警。於是，警方推測是妳的同夥發現情況危急，便立即切斷後門附近的總電源。不過，我沒料到事態會發展到這一步，當眞嚇一大跳，加上妳遲遲沒出現在新橋車站……我請由里子在新橋等妳。我從沒這般焦慮過。」

「到底是誰關掉總電源？」

「阿茂。」

「哎呀。」

「怎麼？」

「是阿茂主動協助？」

「不，是我拜託她的。我交給她一張寫著『小姐有危險，看到我打暗號，馬上關掉總電源』的紙條。」

「阿茂居然這麼配合。」

「當然，我給了她謝禮。」

「謝禮？」

「我親吻她，還抱她。哈哈哈。」

我一陣顫抖，不自主地想推開男人，他卻緊緊摟住我。

「吃醋啦？呵，又不是嘴唇，只親一下臉頰而已。情勢所逼，爲了幫妳解危，這點小事無可厚非吧。」

「黑川律師居然會信任你這種人。」

「是啊，他非常信任我。」

這是我唯一的希望。依上杉姨丈的說法，黑川律師品格高尚，能獲得他的信賴，想必有其過人的一面。

「黑川律師曉得你的背景嗎？我是指地下買賣……」

「應當略有耳聞，不過所謂人盡其才，毒藥用得巧也是良藥。」

「那你是毒藥嘍？」

「這只是妳的想法。妳是麻藥，而我是毒藥。靠近點，像這樣……嗯，可以吧？」

於是，我再次與這來歷不明的男人沉溺在激情的泥沼中。

由里子的告白

從此，我過著見不得光的詭異生活。

堀井敬三禁止我看報，所以我不清楚案情的後續發展。不過，我可從每晚出現的黑市商人山口明嘴裡得知大致的現況。

報導指出，獨自從紅薔薇座返家的根岸蝶子，發現根岸花子和志賀雷藏的屍體。古坂史郎並未曝光。

堀井敬三推測，史郎大概是不想被捲進命案，於是說服蝶子不要向警方提及他也在場。由這點研判，史郎可能另有隱情，或暗地裡有所圖謀。

這兩人的死因是氰酸鉀中毒。如我們所料，氰酸鉀添加在客人贈送的巧克力中。但警方對他倆死亡時間相隔三小時以上感到十分詫異。

根岸花子約在傍晚五點左右斷氣，可是勘驗志賀雷藏的屍體時，他才身亡超過半小時，令警方相當不解。同時，警方找到一個證人，就是我在二樓遇見的男子。

警方由男子目擊的關係人外貌特徵，推斷那即是宮本音禰。另外，也請阿茂和姨丈宅邸附近的鄰居前往警局，指認昨晚在上杉家後門徘徊的確實是志賀雷藏。

因此，警方大膽假設，切斷總電源、協助宮本音禰脫逃的便是志賀雷藏。那麼，和音禰一起出現在『BON・BON』的黑市商人木下或許就是志賀。然而，請『BON・BON』的女店員來指認屍體時，意外得知驚人的事實。

原來這具屍體並非木下，而是在島原明美遇害前與她開房間的人。警方對此極爲訝異，究竟志賀和音禰是什麼關係？宮本音禰身邊到底有幾個男人？

「音禰，千萬別在意這些報導。」

堀井敬三告訴我此事時，不斷溫柔地撫摸我的頭髮。

「縱然妳的朋友和品子阿姨一直爲妳的清白辯護，社會大眾仍一面倒地視妳爲淫女蕩婦。」

儘管早在意料中，可是考慮到品子阿姨和上杉姨丈的處境，我就難過得想掉淚。

即使如此，我再也離不開這個強壯、溫柔又可靠的男人。他教我情愛的歡愉，他的擁抱讓我興奮得忘記自己。我倆耽溺在永不乾涸的溫存中，無法自拔。每當他摟住我時，身體便不停吶喊著「殺了我吧、殺了我吧」。我是多麼希望就這樣死在他懷裡。

男人幾乎每晚出現，因故無法前來的時候，他都會打電話通知我。

可是，沒有他的夜晚，我心中的痛苦絕非筆墨能形容。我在床上輾轉反側，渴望他的煨熱。有時甚至懷疑他可能正與別的女人沉浸溫柔鄉，而嫉妒得快發狂。

不過，某天由里子告訴我一件難以置信的事，讓我不禁黯然頹喪。

她一手包辦我的生活起居，且十分溫柔體貼，經常鼓勵我、安慰我。同時，她以近乎奴僕之姿，全心全意侍奉黑市貿易商山口明。

對此，我百思不解，於是找機會問她。只見她嘆口氣應道：

「不論我如何犧牲奉獻、效忠盡職，也不足以報答老爺對我的大恩大德。因為我這條命是他救的。」

「這話怎麼說？」

由里子看我一眼繼續道：

「我曾上壞男人的當。對方不但欺騙我的感情，還榨光我的積蓄，害我人財兩失。等發現從我身上再也挖不出半毛錢時，就立刻拋棄我。我走投無路，只想一死了之。實際上，以那時的情況我也僅有死路一條，沒想到卻遇見山口老爺。我倆素昧平生，他仍好心鼓勵我、安慰我，讓我找回活下去的勇氣，甚至為我介紹夫婿。這車庫雖是老爺在經營，但大大小小的事情他都全權交給我處理。」

忘了提，由里子的丈夫是個司機，也是這座車庫的管理員。

沒想到這男人有如此善良的一面，我不禁感到十分欣慰。然而，由里子接下來的話，卻把我滿心的歡喜粉碎殆盡。

「欺瞞妳的究竟是誰？」

由里子又瞄我一眼。

「他和太太也有關係。」

「跟我？」

「是的，有篇報導寫太太原要與遇害的高頭俊作結婚。而當時坑騙我的，就是他的堂弟高頭五郎。」

女賊音禰

咦，這究竟怎麼回事？

難道利用完由里子的高頭五郎，轉頭化身成山口明拯救她？這女人居然沒發現她感激得五體投地的山口明，就是曾玩弄她於股掌間的男人？

我懂了，這就是山口明絕不在以由里子爲首的車庫員工前，露出眞面目的原因。不過，也未免……我愈來愈不了解高頭五郎。

「山口先生對妳非常親切吧？」

「是的，眞的很親切。」

我不禁妒火中生。「說不定他暗戀著妳。他有沒有向妳索吻或要求別的？」

「哎呀。」

聽到我的臆測，由里子詫異地抬頭看我，眼神不見一絲虛僞。

「太太，請別開這樣的玩笑，老爺絕不是那種人。當然，在商場上不免爾虞我詐……但他是個正人君子。如此疑心瞎猜，對老爺不公平，對我丈夫也是種侮辱。」

「抱歉，因爲妳長得很漂亮，我才忍不住……」

「看來妳在吃味。呵呵呵，我哪能和太太相比？不過，這倒不是壞事。知道老爺有多愛妳嗎？別說是我，老爺根本正眼都不瞧一眼其他女人。」

晚上，我告訴男人這段談話，他緊緊抱住我，幾乎要把我的骨頭揉碎。

「由里子剛剛在樓上和我提過，沒想到妳會爲我吃醋。」

此時的他簡直像個孩子。

「你爲何要這麼做？」

「這個嘛，就當我在贖罪吧。由里子不也說過我有多愛妳？我絕不會移情別戀，可是，我這一生也絕不會放妳走。」

「我也是……」

於是，我倆忘情相擁，墜入歡愉的溫存。

近來有件事我始終百思不解。此處雖是黑市商人山口明的根據地，可是我從未見過任何交易的情景，所以我忍不住問他。

「對對，順帶一提，我另有兩個祕密基地。當然，我各以不同身分和面貌出入。妳得牢記這兩個地方的住址和電話，但不可寫小抄，只能暗記在心。萬一有什麼狀況，妳就到那邊避難。」

語畢，男人告訴我另兩處的所在、聯絡方式及他使用的化名，並要我反覆背誦。日後，這果然在我身陷危急時派上用場。

躲在地下室生活將近一個月後，一天夜裡，男人帶來奇特的東西。

「音禰，穿穿看。」

他從手提包拿出一件全黑緊身衣。緊身衣上附著手套和襪子，且頸部以下完全貼合軀體線條。

「哎呀，幹嘛要我穿這種衣服？」

「先別管，聽我的話。我有個計畫。」

男人將我拉進懷中親吻，讓我無法拒絕他的要求。

「我到隔壁房間換衣服，你可不能偷看。」

「哈哈哈，有什麼關係。」

「少來。」

「好好，我不看、不看。」

我拿著衣服跑進寢室，並關緊門。我必須脫得一絲不掛才能套上那件緊身衣。迅速換好後，我發現布料與皮膚之間毫無空隙，似乎是爲我量身訂做的。站在鏡子前，瞧見從豐滿的乳房到渾圓的臀部，全身曲線畢露，我頓時羞紅臉。但若這是他的癖好，我也只能配合，因爲肉體渴望著他的撫觸。

「音禰，還沒換好嗎？」

「感覺眞不好意思……」

「別害臊，快出來吧，還要戴上這個。」

我忸怩步出，只見男人燃燒著情慾的炙熱眼神正貪婪舔舐我的全身。

「音禰，太美了。多麼迷人的曲線，這就是所謂的八頭身吧。來，試試長袍和面具。」

男人替我戴上一副黑緞面具，再幫我穿上外觀全黑、內裡黑白相間，宛如古代將官披風的長袍。接著，重新檢視一遍後，他忽然單膝跪在我跟前：

「噢，女賊音禰殿下，小的是妳最忠誠的僕人。」

我眞不明白這男人究竟在打些什麼主意。

暗夜饗宴

此處是煙霧繚繞且光線昏暗的地下歡場。

密閉室內瀰漫著刺激的濃濃酒味、嗆鼻的女人脂粉香和酒氣醺天的男人體臭。

放眼望去，清一色是戴著面具相擁的男女。原本大家還多所矜持，嗲聲細語地交談，酒過三巡後，男男女女都拋棄羞恥與顧慮，毫不避諱地在大廳裡行極盡變態痴狂之能事。

這是黑市貿易商豪華而淫蕩的祕密聚會當晚的情形。入會費用每人一萬圓，條件是必須攜女伴出席。

「討厭，你怎麼帶我來這種地方？」

儘管戴著面具，我仍害羞得抬不起頭。

僅穿著黑色緊身衣、曲線畢露的我，盡可能以長袍包覆身體，卻依然躲不過男人們好色的視線。

「哈哈哈。」山口明一襲燕尾服，面具後的微醺雙眼閃著亮光。「沒辦法，這裡規定攜女伴參加。難道妳希望我帶別的女人？」

「誰管你。」

我撇過身，故意忸怩作態鬧彆扭。曾幾何時，我竟學會這一招。

「無論如何，也不需要讓我打扮成這副引人遐想的模樣啊，眞是丟臉。瞧，大夥都以輕薄的目光盯著我。」

「有什麼關係，我就是要向他們炫耀妳迷人的軀體。今晚的女主角非妳莫屬。看，那些男人不都垂涎欲滴的覷向這邊。」

「怎麼這樣說……」

「然後，眾女伴皆妒忌地瞪著妳。來吧，靠近一點。」

極度的害怕迫使我不得不挨近他身旁。不知不覺中，我也被他抱在膝上。

大廳內除中央的圓形舞臺上方有明亮的燈光，餘處都只有昏暗的間接照明。環繞舞臺的間接照明下，約有五十個桌位，每桌都坐著一雙戴面具的男女。幾杯黃湯下肚，四周已無人正經對坐。女人全坐上男伴的大腿，在男伴不安分地撫弄下嬌吟連連。男人則愛撫著女伴，偶爾露出挑逗的眼神瞅著我。

臺上正在表演脫衣舞，但幾乎沒人欣賞，因爲觀眾席間更爲淫蕩。

「你爲何帶我來這種地方？不是一時興起吧？」

我羞得把臉埋進山口明胸膛，嗓音也染上一絲嬌媚。

「嗯，倒不是漫無目的。」

「什麼目的？」

「待會兒就揭曉。看，那也是此行的目標之一。不是有盆棕櫚樹嗎？猜猜在旁邊那桌擁吻的男女是誰？」

我不動聲色地抬起頭，怯怯往他示意的方向瞄去。

一名穿燕尾服的男子，緊摟著一襲黑色晚禮服的女人。面具掩住他倆的長相，只見女人裸露在外的白皙手臂勾著男子的頸項，親熱地吸吮彼此的唇。

「誰？那兩人是……」

「是妳舅舅佐竹建彥，至於他的女伴是哪位就不用多說了。」

「我們回去吧，趕緊離開這裡。我不希望在這種地方被舅舅認出來。」

「哈哈哈，別擔心，他不可能識破。老天爺也算不出妳會出現在這樣的場所。」

「不過，他從剛才就一直盯著我。」

「確實如此，怪不得那女人不太開心。」

「她是笠原薰嗎？」

「當然。」

舅舅畢竟也從事黑市交易，參加這種聚會不足爲奇。何況攜女伴同行是必要條件，所以帶笠原薰前來也很自然。不過，既然曉得兩人會出席，山口明爲何還硬拉我到這兒？他明明很清楚我的處境……

我窺探他一眼，可是他只平靜地抱著我，專心觀賞脫衣舞。接著，我又覰向棕櫚樹旁，沒想到舅舅和笠原薰仍吻得難分難捨。

我渾身發燙，感到極度羞愧。然而，我沒資格嘲笑建彥舅舅和笠原薰，因爲現下我也被男人抱在腿上。

結束長吻後，舅舅又望向這邊。我連忙把頭埋進男人胸口。

「建彥舅舅是不是在看我們？」

「嗯，笠原薰似乎很吃味。」

「他該不會認出我了吧？」

「不可能的。」

「拜託，帶我離開。」

「別著急，再忍耐一下。喏，好戲就要上場，抬頭瞧瞧舞臺吧。」

場內忽然響起如雷的掌聲，我不由得轉向舞臺，卻倏然大驚。並肩站在臺上的，不就是壯漢鬼頭庄七和楚楚可憐的佐竹由香利嗎？

突襲

壯漢鬼頭庄七穿著黑色緊身褲，裸露的上身遍布黑壓壓的刺青。在炫目的燈光下，鬼頭滿覆刺青的結實肌肉散發著猥褻的獸慾，粗臂上還纏繞著長皮鞭。

「上次在獵戶座劇場觀看的那種庸俗表演，就快開始了嗎？」

「哈哈哈，若是這樣，今晚的客人才不會滿足。大夥可是交了一萬圓的會費，接下來一定有不尋常的演出。妳瞧瞧大家的眼神。」

我輕輕抬頭，環顧昏暗的場內。原本對表演不屑一顧的男男女女，無不全神貫注地凝視著臺上兩人。

他們閃爍的瞳眸流露好奇與慾望。這些人究竟在期待什麼？

我漫不經意地望著舞臺，只見柔弱的少女佐竹由香利在刺青壯漢的皮鞭伺候下，無助地扭著身軀四處逃竄。是這種驚世駭俗的戲碼，牢牢吸引住全場的目光嗎？

殘忍變態的表演不止於此。

壯漢終於一把抓住纖弱的由香利。儘管少女奮力抵抗，企圖掙脫壯漢的魔掌，但可憐的她就像鷹爪中的小麻雀，被壯漢一件件剝掉衣服。

好戲就要上場……腦海浮現山口明方才的話，我不禁一陣顫慄。

「討厭、討厭、討厭，我不想看這種表演，馬上帶我走。爲什麼要逼我來這種地方？」

我緊緊抓著男人的手臂。

「抱歉，我也不喜歡哪。其實我對此深惡痛絕，只是妳過於同情由香利，我才想讓妳一睹她的眞面目。妳若不願意，就閉上眼睛躲在我懷裡好了。」

直冒冷汗的我拚命往男人身上蹭。

雖然這男人是個惡棍，卻意外地溫柔可靠。然而，平常在他臂彎中就能忘記一切，今天竟不見效。觀眾席上傳來的陣陣騷動和不絕於耳的喘息聲，讓我膽顫心驚。

唯一感到安慰的是，咻咻鞭打聲仍未間斷，那麼「好戲」應該還沒登場吧？

「音彌。」男人柔聲耳語：「等一下便會換成女孩揮舞皮鞭追打巨漢。在和妳爭奪遺產的繼承者中，就屬這個小太妹最恐怖。」

正當我嚇得大汗涔涔之際，突然有個男服務生走到他身旁輕聲說了兩三句，他渾身一顫。

「哦，是嘛。音禰，妳先下來。」

「不、不，別離開我。」

「由里子來電，或許有什麼狀況。」

「狀況？」

「所以我得去接個電話。我馬上回來，妳在這裡等著。」

「你要盡快，我一個人會怕。」

「我知道。」

黑市貿易商山口明才剛隨服務生出去，場內的男人就不約而同朝我身上打量。他們一定很納悶，如此煽情罕見的表演，我居然沒興趣。建彥舅舅也好奇地盯著我，不過，妒火中燒的笠原薰往他耳朵一擰，他便苦笑著將目光移向舞臺。

霎時，昏暗的觀眾席上又傳出陣陣含糊曖昧的喘息聲，看來好戲即將登場。

我不禁一僵，瞥開視線。這一刻，臺上的照明忽然閃爍兩三次，大夥驚叫著站起身。

「警察來了！」

昏暗的大廳裡騷動不止，亂成一團。

警察……這個名詞如一把利刃，刺穿我胸口。不經意地望向舞臺，只見赤裸的由香利抓著衣服，和露出滿身黑色刺青的鬼頭庄七一齊奔進場中。

「安靜，請安靜！放心，我們早備妥密道。請依序從那扇門離開。」

看似今晚聚會負責人的男子跳上臺，扯著嗓門高喊。原先掛著大壁畫的牆面開出一個連接漆黑地道的方洞，大夥爭先恐後地往前衝。

但我不知該如何是好。山口明還沒回來，就算順利逃出，我也不敢就這打扮走在路上，況且我身邊沒半毛錢。

「妳還磨蹭什麼，快進地道。我們要關門熄燈了。」

無可奈何，我只好心一橫，鑽進幽暗的地道。

這伸手不見五指的闇黑密道，似乎通往隔街的大樓地下室。大夥一路互相推擠，終於抵達出口時，赫然發現寄放的外套和物品已搬到此處。或許是主辦單位擔心會有突發狀況，而預做的安排吧。

「請各位摘掉面具，若無其事地順序離開。」

當然不能戴著面具走上街頭，所以我盡量遠離人群，在門口陰影處卸下面具。此時，附近突然響起「啊」地一聲，旋即有人抓住我的手腕。原來是建彥舅舅。

4 CHAPTER 第四章

烙刑

烙刑

接下來整整一週，我被監禁在舅舅的公寓裡。縱然舅舅不是眞的監禁我，可是只穿著緊身衣和薄長袍，根本什麼地方都去不了。

那天晚上，在紛亂中和笠原薰走散的舅舅帶我回來後，便鎖上大門，二話不說就賞我好幾記巴掌。盛怒之下，他不停揮打我的面頰。

我當然明白舅舅的心情。舅舅會勃然大怒也無可厚非，或許儘管自己聲名不佳，他仍由衷期盼姪女能一生清白、正當地生活。我對舅舅充滿歉意，所以無論他如何打我、教訓我，我始終沒掉一滴眼淚。不過舅舅反而益發惱怒，更是揮拳如雨。

後來見我脣破血流，舅舅忍不住號啕大哭。

「音禰，妳怎會變成這副低俗的模樣，居然還去那種淫穢的地方？和妳在一起的那個像黑幫老大的男人究竟是誰？」

我能怎麼回答？我身心都已獻給這男人，絕不可能講出不利於他的話。舅舅見我默不吭聲，更加火冒三丈。他不再動手打我，卻激烈大吼：

「音禰，妳不覺得對不起上衫姨丈和品子阿姨嗎？妳離家出走後，兩人……尤其是妳阿姨終日以淚洗面。妳應當能理解他們有多難過吧？難道妳沒有一絲愧疚？」

「舅舅，請別這麼說。提到姨丈和阿姨，我就心如刀割。」

「提到他們便心如刀割？那麼，妳還殘存昔日音禰的良知嘍？音禰，我錯怪妳了。沒問清楚原因就動手打妳，對不起。不過，跟妳在一起的男人究竟是誰？妳不否認有男人吧？」

「嗯。」

「他到底是什麼來歷？」

「舅舅，我不能說。」

「不能說？爲何不能說？」

「我不想給他添麻煩。」

「音禰，莫非妳已愛上他？」

「是的。」

此時突然又飛來一掌，我不小心被打得跌倒在地。

「妳、妳……那男人帶妳到『ＢＯＮ・ＢＯＮ』那種酒吧二樓開房間，還拉妳去看今晚那樣淫穢低賤的表演，妳居然對他這般死心塌地？」

「不過，今晚是……」

「怎麼？」

「我根本不知情，而且他其實不喜歡那類表演。」

「那何必付高額會費入場？」

「我很同情由香利，認爲不如乾脆讓她繼承全部遺產。儘管他告訴我許多關於由香利的事情，我始終不相信。不，是難以置信。他打算讓我認清由香利的眞面目，才帶我去那裡。」

「音禰。」舅舅膽怯似地壓低嗓子，「聽起來，這男人相當關心遺產的繼承？」

我無言以對。不過，不回答就代表默認。

「音禰呀音禰，妳已誤上賊船。這傢伙一定是覬覦妳的財產，聰明如妳，難道沒看出？」

我頓時啞口無言，因爲我也心存懷疑。不、不，他不是經常提及此事嗎？

「爲幫妳取得更多遺產，這傢伙該不會暗中策畫殺害佐竹家的人吧？音禰，妳老實講，是不是這樣？」

「我……不知道。」

「不知道？看來妳無法一口否定。」

唉，其實他對舅舅也抱持相同的懷疑啊。

「舅舅，請別再多問……」

「音彌，妳畏懼這男人嗎？怕就直說。雖然不曉得他的背景，但我一定會助妳一臂之力。否則，和那種人在一起，就算獲得巨額遺產也……」

「舅舅，拜託到此爲止吧。音彌早有覺悟。」

「覺悟？」

「就當音彌已不在人世吧。過往那個天眞無邪的音彌已死，現下站在你面前的是喪失純潔的音彌，就算遭舅舅厭惡也莫可奈何。所以，請不要再追問。」

我不禁悲從中來，爲坎坷的身世哭得淚乾腸斷。

這天晚上，舅舅終於放棄，沒繼續責備我。然而翌日起，他改變策略，軟硬兼施地想探出男人的名字。不過，由於我始終守口如瓶，偶爾仍會挨上幾巴掌。對我施暴時，舅舅內心想必也備感煎熬，彷彿自己被處以烙刑。

笠原薰的妒忌

一星期經過，舅舅既沒帶我到警局，也沒通知上衫姨丈，大概不忍見我現下這副墮落的模樣公諸於世，遭人非議吧。

舅舅位在池袋的高級公寓牆壁很厚，輕微的聲響或說話聲鄰居是聽不見的，所以無人發現我狼狽的處境。比較不妙的是，這裡連個電話也沒有，否則我就能向堀井敬三求救。但舅舅把我關在房子裡，一步都不讓我出去。

不過，那男人究竟怎麼回事？他明知那晚舅舅在場，若發現我失蹤，應該會聯想到我是被舅舅強行帶走，至今卻毫無動靜。該不會是當天就落入警方手中？

愈是這麼想，心情便像千斤頂般益發沉重。果眞如此，前科累累的他恐怕無法輕易獲釋。這麼一來，我該如何是好？

「以後妳沒有我可就活不下去了。」

我不禁憶起男人在我耳邊的呢喃。他說得沒錯，不論日常生活或身心，我天天都渴望著他的陪伴。

近一個月來，我幾乎夜夜與他相擁而眠，因此現下單獨待在舅舅的公寓裡，隨著情緒逐漸平靜，更加懷念那段繾綣難捨的日子。儘管絕非善類，但他那溫柔可靠的一面，讓我不自覺地依賴他。

舅舅察覺我的不安，某天晚上外出前竟然衝向我，拿繩索牢牢綑住穿緊身衣的我。

「舅舅，這是幹嘛？」

「妳心知肚明。妳對那男人念念不忘，總想趁機逃離。為防萬一，我回家前，妳就忍耐點，乖乖留在這裡。」

舅舅把我推倒在地後，便逕自離開公寓。不堪這種對待，我益發懷念起男人的溫柔體貼。

「敬三，你不是超人嗎？為何不來救我？你不可能不曉得我被關在這裡，難道你也遇上麻煩？」

我痛苦地呼喚男人的名字，淚流不止。輾轉反側的我，一遍又一遍呼喊著，含淚沉沉睡去。

不知經過多久，恍惚間傳來說話聲，猛然睜眼，突然發現有個女人站在我枕邊。順著她的腿往上看，我頓時驚慌得渾身顫抖，原來是笠原薰。那俯視著我的目光，明顯不懷好意。

「呵呵，妳大概筋疲力竭了吧。」

咧嘴諷笑的笠原薰，神情充滿敵意。我聽不懂她話中的含意。

「我就覺得不對勁。打好幾通電話，他老是隨口敷衍，我才來一探究竟。不出所料，他果然金屋藏嬌。還真要謹慎點，以免大意失荊州。」

笠原薰舉起塗著鮮紅蔻丹的手指，點燃一支菸，而後叼著菸蹲在我身旁。

「不過，大小姐，妳可真厲害。妳究竟有幾個男人哪？想誘惑多少男人是妳的事，但妳居然和親舅舅亂搞。長得如此標緻，卻跟畜牲沒兩樣。」

和親舅舅亂搞？一股噁心欲嘔的感覺湧現。

「什麼？不要胡說八道，淨扯些不堪入耳的話。」

「怎會不堪入耳？妳有啥資格批評我。我記得很清楚，當晚妳也在場。哈哈哈，瞧妳一副悲天憫人的樣子，卻跑去看那種表演，還穿得那麼風騷。」

隔著緊身衣，笠原薰在我身上到處亂戳。忽然，她像打翻醋罈子般，冷不防使勁揪擰我的乳房。

「噢……」我不由得放聲哀嚎。

「呵呵，妳就是用這副漂亮的身軀勾引建彥吧。妳露出這對奶子、這腰身，和這臀部勾引他。妳說，這筆帳要怎麼算？」

笠井薰的妒意宛若潰堤的河水，一發不可收拾。她使盡全力猛抓，我痛得在地上翻滾。

「那樣淫穢的……我怎可能做出這種畜牲不如的事。」

「真是大言不慚。聽著，佐竹一家全是變態禽獸。瞧瞧那個由香利，裝得楚楚可憐，卻與養父同臺演出那種性虐戲碼。而蝶子和花子那對雙胞胎，居然是同一個男人的床伴。至於妳的建彥舅舅，也不管和我有男女關係，竟腳踏兩條船，染指我的妹妹小操。這樣敗德的傢伙，才不會顧忌啥狗屁倫理，見到妳誘人的臉蛋和身軀，怎會白白放過。我曉得那天晚上建彥就十分覬覦妳的肉體。老實講，有沒有跟建彥亂搞？」

「這麼、這麼下流的……」

「還想裝蒜？好，既然要逞強，別怪我逼妳。」

笠原薰狠狠環顧四下，瞥見一旁的火爐時，旋即浮現冷笑。舅舅擔心我感冒，出門前特地添加木炭，所以現下燒得正旺。笠原薰從爐裡抽出一根火紅的鐵鉗，屋內立刻瀰漫鍛刃般的氣味。

「快說。不從實招來，我可要用這把鐵鉗燙妳臉頰。真好奇漂亮的臉蛋會留下怎樣的疤痕。」

我害怕得渾身發抖。從笠原薰的眼神，就知道她絕非虛聲恫嚇。她是認真的。因嫉妒而發狂的她已喪失思考判斷的能力。

「還是不說嗎？大小姐，妳這個假高尚的僞善者，快承認和親舅舅發生關係吧。妳若繼續否認，就別怪我手下無情。」

鐵鉗倏地逼近臉頰，一陣熾熱襲來。我閉上眼，淚水順著鬢髮流進耳裡。

獄。

「怎麼，哭啦?別想用眼淚騙我，我不吃這套。既然如此，乾脆……」

嚇得差點昏厥之際，只聽見舅舅大喝「笨蛋」，笠原薰隨即應聲倒地。我終於能逃脫煉

後門之狼

我蜷縮在沙發一隅，雙手緊緊遮住臉孔，淚水從指縫間不斷滑落。

隔壁房傳來笠原薰帶著鼻音的嬌嗔，似乎滔滔不絕地向舅舅抗議著什麼。一見到舅舅，笠原薰心情立刻大好。加上舅舅婉言相勸，又摟著她親吻，她那劍拔弩張的暴戾之氣忽然消失殆盡，瞬間變成嬌柔的小女孩。

舅舅解開束縛我的繩索，讓我坐在沙發上，並向我道歉。不料，笠原薰再度打翻醋罈，執意要舅舅在我面前抱她，甚至逕自脫掉洋裝，只穿著內衣挑逗舅舅。不得已，舅舅露出苦笑，抱著笠原薰走進鄰房。現下他倆正在床上親親我我。

一切竟都如此汙穢下流。不過，我已沒資格蔑視這些人。因爲我也愛上摸不清底細的男

人而無法自拔。

笠原薰刺耳的嬌吟未曾間歇，我瞥過頭，不想聽到她的聲音。此時，笠原薰剛剛脫下的洋裝和大衣映入眼簾，我忙不迭從沙發躍下奔向玄關，發現大門沒鎖，便立刻回到起居室，直接套上笠原薰的衣服。笠原薰較高大，洋裝穿在我身上稍顯寬鬆，但眼下管不了這麼多。雖然沒絲襪，不過緊身衣乍看就像黑絲襪。

隔壁房持續傳來笠原薰的淫聲浪語。我努力將顫抖的胳膊伸進大衣，躡手躡腳地跑出玄關。下樓時，不經意往上衣口袋一探，竟摸到皺巴巴的鈔票。掏出一看，原來是五張百圓紙鈔。大概是散漫的笠原薰把買東西找的錢塞在口袋裡。眞是幫了大忙，這樣我就能搭計程車離開。

所幸，公寓一樓櫃檯恰巧沒人，我得以順利走到大馬路上。當務之急，我必須先和堀井敬三取得聯絡。

從那晚由里子打給敬三的情況推測，或許是赤坂的祕密基地發生問題。幸好，爲防範未然，他曾告訴我其餘兩個藏身處的電話號碼，及分別使用的假名，我一直牢記在心。我邊走邊找公用電話，背後忽然有人喊道：

「姊姊，等一等。」

由於不認爲是在叫我，我不以爲意地繼續前進。

「姊姊，音彌姊姊，稍等一會兒。」

對方清楚地叫出我的名字，我不禁一愣，停下腳步。豈料，靠近我身旁的竟是古坂史郎。

「姊姊，別待在這種地方。來，挽著我的手臂一塊走吧。」

古坂史郎不由分說地勾住我的手，彷若情侶般帶著我散步。

這個狡猾的美少年十分清楚我的弱點，曉得我不敢甩掉他的手逃跑。一陣惡寒竄過背脊，沒想到一波未平一波又起。我佯裝鎮定，任古坂史郎挽著我漫步街頭。

「姊姊果然藏身在那棟公寓裡。但說也奇怪，前幾日警察經常過去探訪，卻沒發現蛛絲馬跡。姊姊什麼時候躲進那邊的？」

史郎的嗓音如女子般嬌柔。我驀然憶起堀井敬三的提醒：

「音彌，妳要特別提防史郎。別看他像毛頭小子，聽說他對女人很有一套。」

此外，敬三還補充道：

「以往妳養在深閨，他沒機會下手，現下妳離家出走，他自然視妳爲同類，必會千方百計地試圖和妳接觸，妳千萬不能上當。」

敬三的預測一語中的，也因此我心頭赫然湧現一股驚人的戰鬥力。我不再是往昔那個涉世未深的音彌，怎會敗給這種乳臭未乾的小子？於是，我故意嘆口氣問道：

「史郎，你怎麼會在這附近閒逛？」

聽我親暱地喚他的名字，少年似乎很開心，立刻笑著回應：

「我推測只要守著這間公寓，便能遇見姊姊。總覺得姊姊一定和妳舅舅保持某種聯繫，所以，縱使期望連續落空，我仍每晚前來守候。皇天不負苦心人，終於……我從沒這麼開心過。」

史郎高興得像個天眞無邪的小孩。他眞如敬三所言，是玩弄女人的高手嗎？

「你爲什麼想見我？」

「我？其實我愛慕姊姊已久，因爲姊姊非常迷人。」

我不禁打個寒顫。

「是嗎？謝謝。不過，你準備帶我去哪？」

「總之，先到江戶川公寓。」

「江戶川公寓？」

我倏然一驚。

「嗯，我目前和海倫同居。接連失去妹妹和老闆的海倫，央求我跟她一起住。現下十一點，差不多是海倫從淺草下班回家的時候，今天就先去她那兒好不好？」

我能不答應嗎？史郎的臂膀像門閂般牢牢錮著我。

於是，好不容易逃離舅舅掌心的我，被古坂史郎從背後一口咬住，硬拖回染血深淵。然而，事後回想起來，這次的相遇反倒引領我們更接近三首塔。

走出公寓的男人

古坂史郎十分清楚堀井敬三對他懷有戒心，於是行動更爲謹愼。

在池袋搭上計程車後，我們並未直接前往江戶川公寓，而是先在飯田橋下車。接著，他領我走進厚生年金醫院前的暗巷。

「姊姊，我由衷地感謝妳。」

「什麼意思？」

「聽說那天晚上妳也在公寓裡，所以妳曉得海倫是和我一起回去的吧？」

他似乎毫不在意我閉口不願回答。

「非常感激妳沒向別人提及此事。當然，我明白以姊姊現下的處境，根本不可能報警。呵呵呵。」

這句話彷彿一根針刺進耳中，我總算深深體會到堀井敬三耳提面命的用意。少年外表裝得像女人般柔弱，骨子裡卻是城府極深的老狐狸。

敏感的史郎馬上察覺我的不快。

「姊姊，眞抱歉。雖然聽起來像在諷刺妳，但那絕非我的本意。」

「無所謂。不過，史郎啊。」

「怎麼？」

「你確定海倫回家了嗎？我可不願和你獨處。」

「我保證。瞧，現下已十一點半。」

「海倫看到我不知會做何感想？」

「應該會很高興吧。妳們不是親戚嗎？」

「話是沒錯，但我有些擔心。」

「不要緊，海倫對我可是百依百順。」

「咦，怎麼說？你爲啥這麼有把握？」

「那是當然的。呵呵，坦白告訴妳好了。」

「告訴我什麼？」

「海倫對我唯命是從的理由。她安非他命重度成癮，只有我能提供毒品。這下明白吧？呵呵。」

聽著史郎詭異的笑聲，我不禁毛骨悚然，再也無法壓抑心中的恐懼，只想甩開他的手逃跑。不過，他早料到我會有這種反應，緊緊扣住我的左臂不放。

「海倫一天沒有毒品就活不下去，是前老闆志賀雷藏推她入火坑的。其實不光海倫，死掉的瑪莉也一樣。換句話說，志賀雷藏利用這種手段，操縱手上的搖錢樹海倫和瑪莉。爲獲得毒品，姊妹倆什麼都願意做。因此，毒品供應者自然就變成海倫的主人。海倫現下便和我的奴隸沒兩樣，懂嗎？」

猛然又是一陣惡寒貫穿背脊。看來少年並非單純吃軟飯的，且遠比堀井敬三想像的更爲恐怖。而最糟的是，我根本逃不出他的掌握。

我努力沉澱情緒。若暫時無法逃離這壞蛋的魔掌，至少和他在一起的期間，要盡力查出他眞正的意圖。

「史郎爲何對海倫這麼感興趣？」

「這還用說，媽媽……妳認識吧？我是指『BON・BON』的媽媽桑島原明美。我是她的情人，也算是寵物啦。她遇害後，我轉而接近海倫和瑪莉，畢竟百億遺產的誘惑實在難以抵擋。我希望能和佐竹家所有成員建立友好關係，尤其是貴婦們。哦，終於抵達江戶川公寓。」

接近公寓側門口時，遭志賀雷藏誘騙來此的記憶益發清晰，我雙膝不住顫抖。現下挽著我手臂的，是比志賀雷藏更歹毒的大惡棍。

史郎當然也察覺到我的害怕，但他根本不在乎，這情形反倒加深他心理上的快感。他愉快地哼著曼波舞曲，和我一起走向側門。行至距門口十公尺遠處時，有個原本快步走來的男人，瞥見我們的身影後，便連忙改從另一邊離去。

「咦？」

史郎停下腳步，狐疑地目送男人的背影。

「認識的人嗎？」

「嗯，有點面熟，不過我沒瞧見對方的長相。姊姊看到了嗎？」

「沒有。」

「奇怪的傢伙。」

史郎似乎相當介意，定睛注視著那身影消失在對街轉角。

「算啦。姊姊，走吧。」

我們站在志賀雷藏帶我來過的房門口，發現並未上鎖。

「瞧，沒錯吧，這表示海倫在家。」

進門後，史郎邊脫鞋邊喊：

「海倫，有客人。我帶客人回來嘍。」

然而，屋內鴉雀無聲。

「奇怪，她應該還沒睡呀。姊姊，到裡面吧。」

瑪莉根岸曾倒臥在眼前的廚房，如今，我又要被帶回志賀雷藏臨終前吐血掙扎的起居室。

鮮血淋漓

「咦，怎麼回事？海倫，妳在哪裡？」

古坂史郎四處梭巡，邊放聲呼喚，卻沒得到任何回應。

「奇怪，究竟跑哪去？」

繞到後面的房間，仍遍尋不著海倫的身影。古坂史郎不安地說：

「姊姊，妳等一下，我再看看。」

史郎把我留在起居室，獨自前往廚房。

「八成是去澡堂。真是粗心大意的女人，外出竟然忘記鎖門。」

我聽著史郎的喃喃抱怨，打開玻璃窗。不過，我並非想從三樓跳下。見我茫然俯視著漆黑的街道，史郎慌張返回。

「姊姊，天氣這麼冷，爲何要開窗？」

「不，只是覺得有點悶。」

「哦，那就開著吧。姊姊，妳可千萬不要有跳窗的念頭。呵呵呵。」

史郎不懷好意地笑著從櫥櫃拿出幾瓶洋酒，倒進調酒器。

隨意環顧四周，起居室的擺設大致沒變，只是角落多出一個中型旅行箱。從箱子側面上印著「S・F」的英文縮寫看來，應該是古坂史郎的東西。他就是帶著這箱行李和毒品住進海倫家。

史郎將調好的酒注入雞尾酒杯。

「姊姊，妳嘗嘗，這是我在『BON・BON』學會的。我手藝很棒喔。」

「不，我不想喝。」

「喝一點有什麼關係，小酌而已。」

「不，我眞的……」

「別這麼說嘛。」

史郎把酒杯送到我嘴邊。

「拜託，饒了我吧。」

我順勢一撥，或許是用力過猛，杯子飛出史郎手中，酒灑得他滿臉都是。

「畜牲！」

史郎勃然變色，臉上已不見方才的討好賣乖，神情極爲猙獰，散發著暴戾之氣。

「哼，臭女人。」

連說話方式都瞬間改變的史郎，自梳妝臺抽屜取出一把閃閃發亮的西式剃刀。

「老虎不發威，當我是病貓嗎？我原想盡量溫柔地勸誘。只要喝下剛剛那杯酒，任何女人都會極度渴望男人，那麼我就能盡情和妳溫存。既然變成這樣，也沒辦法。姊姊，過來。拿剃刀威脅妳不太好，可是快過來陪我睡！」

古坂史郎以左手測試刀子的銳利度。他閃爍著凶殘的目光，帶著訕笑的嘴唇歪曲，簡直就像惡魔。沒想到年輕又似女人般眉清目秀的他，竟如此狠毒。

「史郎，求求你……」

「現在道歉已經太遲。呵，妳或許會問，要是海倫突然回來怎麼辦？告訴妳，海倫才不在乎。以前志賀雷藏可是左擁右抱她和瑪莉，搞不好她還很開心多一個搭檔。來吧，姊姊。乖孩子，快到我這裡，反正妳也不是處女了。」

史郎持刀逼近，我退到窗邊，跳上一旁的椅子，單腳跨過窗框。此時，他忽然發現我穿著緊身衣。

「哎呀，妳怎麼穿著緊身衣。」

史郎走到我身旁，猛然抓住我的腳。

「啊，史郎！」

然而，史郎毫不客氣地掀起我的裙子。

「呵呵，笑死人。幹嘛套著這玩意？哈哈哈，難不成想在情況危急時脫掉洋裝，變身黑衣女賊？看來妳眞不是省油的燈。」

史郎白皙有力的手指宛如噁心的昆蟲在我踝邊蠕動，然後緩緩往上爬。

我望向窗外，想著若一躍而下，就算不死也只剩半條命。即使不怕受傷，我仍擔心會遭警方逮捕。

絕望地環視周遭，我喉嚨深處驟然迸出破笛般的驚叫。

「姊姊，叫什麼呢？」

史郎惡毒地笑著抬起臉，隨即察覺我緊盯某處。他詫異回頭，只見紅色液體從衣櫥底部汩汩流出。

瞬間，史郎渾身僵硬。不過他馬上走到衣櫥前，猛然拉開櫃門。說時遲那時快，裡頭滾出一具胸口插著短刀的屍體，正是海倫根岸。

關鍵電話

屍體自衣櫃滾落，傷口受到撞擊撕裂，泉湧而出的鮮紅液體在地上蔓延，形成怵目驚心的血灘。

「混帳！」

史郎彎腰俯看屍體，忽然轉頭望著我，炯炯目光中透著凶狠。

「是被勒斃的，用雙手……瞧，海倫的喉嚨……兇手或許想確實置她於死地，還特意補上一刀。混帳！混帳！」

搔髮吐舌、鼻翼鼓脹的史郎，野獸似地在屋內來回走動，異常的行徑比死亡的海倫更令人膽寒。

突然間，史郎在屍體前停下腳步。

「是那傢伙，一定是剛才在門口撞見的那傢伙殺害海倫。」

我不自覺與史郎相望，贊同地點點頭。果真如此，縱使只看到模糊的輪廓，卻是從未現身的恐怖殺人魔首次露面，我不禁心驚膽跳。

不曉得古坂史郎在盤算些什麼，咬著指甲牢牢盯著我。忽然，他勾起一抹冷笑，一腳跨過屍體，跳到我跟前。

「你想幹嘛？」

「別緊張，姊姊，我再惡劣也不至於在屍體前和妳親熱。由於暫時要請妳看家，得做些防範妳逃跑的措施。」

外表弱不禁風的少年不知哪來的力氣，竟硬生生抱住我，迅速脫掉我的外套，接著便要剝去洋裝。

「別這樣……」

「我沒想幹嘛，不過是希望妳只穿緊身衣而已。」

爭執間，洋裝被扯裂，於是我又恢復悲慘的可恥模樣。

「呵呵，這身打扮諒妳哪也去不成。姊姊，妳就姑且待在這裡，順便守著死者吧。」

史郎把洋裝揉成一團丟進衣櫥，接著到隔壁房取來海倫脫下的衣服，同樣塞進衣櫥後，鎖上櫃門。

「呵呵，姊姊，這下妳就一步也無法踏出屋外。我離開一會兒，妳好好看家。」

「你要去什麼地方？」

「喔，找同伴過來。這個突發意外弄得我不知所措，腦袋一片空白，我想找人商量對策。姊姊，妳可要乖乖留守，事情鬧開對我倆都不好。」

警告完，史郎便丟下我匆匆出門。他當然沒忘記上鎖。

僅穿緊身衣的我，和屍首待在沒暖氣的冰冷空間，身心無比悲涼。我只好從隔壁房取來毛毯，裹得密實後將身體投進搖椅。死狀淒慘的海倫根岸橫躺在我面前，愈是不願去看，視線愈不聽使喚地瞟向她。

海倫死不瞑目，彷彿喪失光芒的玻璃彈珠的雙眼仰望著我，微張的嘴裡含著黑舌頭，纖細頸項上嵌著駭人的指痕。兇手的殘虐令我不寒而慄。

此時，鄰房突然鈴聲大作，我嚇得尖叫彈起。聽出是電話鈴響後，我不禁喜出望外。話機裝在起居室和廚房的夾縫間，我衝向前剛要拿起話筒，忽然警覺地縮手。

電話持續在屍體橫陳的寂靜屋內響著，讓我驚懼不已。

不久，對方似乎決定放棄，鈴聲終於停止。我壓抑著浮躁的情緒，隔一會兒才拿起話筒。

「喂，請接外線。」

「根岸小姐，原來妳在家，剛剛有妳的電話呢。」

「抱歉，碰巧有事走不開。」

一接到外線，我馬上顫抖著撥轉號碼。堀井敬三的三個藏身處之一，就位在早稻田的鶴卷町，聯絡方式及他使用的化名我都牢記在心。

不久，另一頭傳來女人的話聲。

「喂，鶴卷食堂嗎？不曉得平林啓吉先生在不在？」

對方尚未回覆，我便不住喘息，心臟狂跳不止，幾乎要脹破胸口。這通電話攸關我的命運。

「請問貴姓大名？」

「音禰。請告訴他，我是音禰。」

女人「啊」地低喊，連忙應道：

「稍等，我立刻幫妳轉接。」

堀井敬三真的在那裡，淚水就要奪眶而出之際，耳邊響起男人幾近瘋狂的呼喊：

「音禰，音禰！」

聽見他的話聲，思念與愛戀之情泉湧而上，我頓時哽咽。

「妳在哪裡？妳一定無法想像我有多擔心，我、我……」

男人興奮難以自抑，我反倒因此平靜下來。

「親愛的，冷靜點。仔細聽著，我被關在江戶川公寓海倫根岸的住處。大門深鎖，且我只穿著緊身衣，沒辦法出門。屋內還有海倫的……」

「海倫的？」

「只有我和海倫的屍體。」

「海倫的屍體？沒關係，詳情等一下再講。然後呢？」

「古坂史郎丟下我去找同夥，你得在他們抵達前來救我。」

「好，我明白了。現下妳只穿著緊身衣？」

「對。」

「妳說大門鎖著？」

「這有點麻煩……」

「怎麼會？小事一樁。音禰，我馬上過去，妳撐著點。來，親一個。」

他隔空給我一個響亮的吻，隨即掛上電話。此時我早已淚流滿面。

三人組

與堀井敬三取得連絡，不，該說聽到他的話聲，我頓時恢復活力。

我只能坐在屋裡痴痴等他來嗎？不，那只會讓我胡思亂想，陷入恐懼的深淵。要是古坂史郎和他的同伴比堀井敬三早一步回來……

爲撫平心中的不安，我得找點事做。霎時，古坂史郎放在角落的中型旅行箱吸引我的注意。對，翻查箱內也許多少能掌握他的底細。

剛要打開旅行箱，我詫異地發現鎖居然是壞的，輕易便可掀起老舊的箱蓋。

箱裡幾乎空無一物。內衣褲或許早擺進衣櫥，但有個塞滿毒品空罐的簡陋紙箱。此外，還有舊圍巾、手提袋，及一臺相當高檔的相機。

重新檢視一遍，我在箱蓋內側的暗袋找到一只牛皮紙信封。封口撕得亂七八糟，似乎裝著照片。

我當下揮去湧上心頭的罪惡感。然而，一抽出照片，眼前彷彿一陣晴天霹靂，備受震撼。

這不是三首塔的照片嗎？

雖然和堀井敬三拿給我看的是不同張，但那顯然是一模一樣的塔。

古坂史郎居然有三首塔的照片！看來他絕不僅是騙財騙色的登徒子。儘管他不是佐竹家的成員，不過肯定與這一連串案件關係匪淺。

我心跳加遽，顫抖著拿起另一張照片，冷不防又受到巨大的衝擊。

照片上似乎是放著三個頭顱的祭壇，驀地，我憶起堀井敬三先前告訴我的話，立刻察覺那全是木刻品。

正中央的頭顱感覺最爲年長，約莫三十五、六歲，梳著小髮髻。至於排放在左右側的頭顱，年約二十五、六，都留著明治初期書生風格的及肩短髮。

翻到照片背面一看，我不禁倒吸口氣。上面寫著三人的名字，從右到左分別是佐竹玄藏、武內大貳和高頭省三。

原來中間那位就是玄藏老先生殺害的男人，左邊是被誣指爲兇手而慘遭斬首的高頭省三，也就是堀井敬三和高頭五郎的祖先。這麼一瞧，確實與那男人有幾分神似。

我凝重地望著這些不祥的照片，忽然浮現一個念頭，便將三首塔的照片翻面。

一陣欣喜貫穿全身。果不其然，背後寫著三首塔的所在地點。正式名稱爲蓮華靈骨塔的三首塔位在播州。

才和久違的堀井敬三取得聯絡，緊接著又查出三首塔的位置，我心中再度燃起希望。以此爲轉機，我的命運似乎開始踏入坦途？

不過，我也發現幾處疑點。三首塔的全景照似乎年代久遠，圖面泛黃變色，木雕頭顱照則沒那麼老舊。此外，所使用的相機也各不相同。然而，我現下無暇追根究柢。

由於仍沉浸在兩張照片引發的震撼中，我暫時將古坂史郎和堀井敬三的事拋在腦後。這時，門鈴忽然響起，我隨即扔下照片奔向玄關。一定是敬三，史郎不可能按門鈴。

「親愛的？」

「是音禰嗎？」

「對，快進屋。」

「嗯，那些傢伙呢？」

「他們隨時會回來，所以要快。」

「好。」

外頭一陣轉動門鎖的聲響，最後大門「喀嚓」應聲打開。我瞧見衝進來的人，不禁瞪大雙眼。

那既非堀井敬三，也非山口明，而是個陌生男子。且他從額頭到下顎，纏著一圈圈繃帶，左臂也吊著繃帶，右手卻拿著手提箱。

「音禰，是我。來，給我一個吻。」

「噢，是你嗎？眞的是你。不過，這身繃帶是？」

「待會兒再慢慢說。音禰！」

「親愛的！」

我們終於能放肆擁吻。男人吮去我眼角的淚水說：

「音禰，現下不是哭泣的時候。手提箱裡有衣服，盡快換上。然後，海倫的屍體在哪？」

「在那邊。」

我倆攜手前往起居室。趁男人查看屍體的空檔，我抱著手提箱進臥室迅速更衣。

「親愛的，你身上的傷是怎麼回事？」

「參加聚會那晚，爲擺脫警察的追捕，我直接從二樓往下跳，不料撞傷要害，當場昏厥。幸好由里子機伶，要丈夫開車載她到附近以防萬一，我才能獲救。他們帶我到別處避風頭，聽說我足足昏迷三天三夜。更糟的是，好不容易清醒後，我赫然發現妳下落不明。妳曉得我有多麼擔心嗎？」

聽到這番話，我感動不已。這男人斷了一隻胳膊，行動不便的他絕不可能雙手勒斃海倫。因此，至少他與海倫的死無關。而一連串的凶案若出自同一人之手，他就不會是兇犯……

前進三首塔

換好衣服，將緊身衣收進箱裡後，我便回到起居室。只見敬三仍跪在海倫身旁。

「親愛的，怎麼啦？」

走出房門時，隱約瞥見他慌忙把某樣東西塞進口袋，於是我隨口問道。

「沒什麼。換好了嗎？走吧。」

「嗯。不過，稍等一下。」

我將史郎行李中的照片放進手提箱。

「那是什麼？」

「待會兒再告訴你。快離開吧，萬一史郎回來可不妙。」

我們走出屋外，關門後，敬三喀嚓喀嚓轉動門鎖，最後總算成功鎖上。

「哈哈哈，那傢伙肯定會大吃一驚，想不通鎖得好好的，妳爲何憑空消失。」

面對這種狀況，他還能如此鎮靜，我內心一陣踏實。於是，我挽著他的右臂下樓。

所幸從公寓脫身前沒遇見任何人，一出大門，我們立刻走往大彎道，接近江戶川邊時，一輛轎車在對街停下。敬三見狀，立刻將我拉進路旁小巷。

車門「砰」地關上後，兩、三道腳步聲匆匆靠近我們。

「那麼，由香利妳打電話過去時，沒人接聽嘍？」

那是史郎的話聲。聽見由香利的名字時，我心底湧起一股難以言喻的憎惡感。

「嗯。不過，或許那時候你和那女人還沒回住處。」

「不，不可能。我早就去找你們了。」

「大概是那女人怕得不敢接吧。」

「不過，史郎。」另一名肥胖男子開口，「你把那女人扯進來，究竟有何打算？光海倫一個不夠，你還想坐享齊人之福嗎？」

「呵呵呵。」

「你可眞厲害，由香利八成也已被你調教得服服貼貼吧。」

「哎呀，老爹你好討厭，怎麼這樣說。」

「哈哈哈，有什麼關係。惡婆娘配惡魔，很登對啊。但是，由香利。」

「什麼？」

「妳跟史郎打得火熱，我沒意見，不過可別丟下我不管。我不會妨礙你倆，所以偶爾也分我一杯羹吧。史郎，我也要拜託你。」

「沒問題。我們三人組合作無間。由香利，妳說對不對？」

他們或許自以爲輕聲細語，不過在夜闌人靜的深夜裡，我倆聽得一清二楚。

沒想到史郎找來的同夥，竟然是鬼頭庄七和他的養女兼情婦佐竹由香利。這就是所謂物以類聚吧，我緊抓著堀井敬三的胳膊，掌心不斷冒汗。

「音禰，這回總算認清由香利的眞面目了吧？」

「嗯。」

丟下史郎等三人走到江戶川邊，便看見車子停在大彎道前方不遠處。我們並肩坐在前座，男人轉動方向盤時，我的淚水又不聽使喚地溢湧而出。

脫險後，我們落腳鶴卷町的鶴卷食堂，二樓的兩個房間成爲我們纏綿的天堂。我們互訴分離後的相思和經歷，他很高興我能平安歸來，也告訴我他的遭遇。如前所述，那天晚上他身受重傷，無力採取任何行動。

祝賀彼此順利度過劫難後，我在男人久違的臂彎中進入夢鄉。在此之前，自然少不了一番繾綣。

當晚起，我便住進食堂二樓。但隔沒多久，我發現一件怪事。

這間食堂的老闆娘富子也曾慘遭高頭五郎玩弄拋棄。就在她絕望得自暴自棄之際，遇見黑市商人平林啓吉。他不僅鼓勵富子重新振作，還讓她負責經營食堂。富子絲毫沒察覺平林啓吉便是高頭五郎，且忠心耿耿，視他爲神明。

富子的境遇居然和赤坂車庫的由里子如出一轍，難不成第三個藏身處有另一個與她倆境況相同的女人？

這男人究竟是善良，還是邪惡？

先不談這些，總之我們在食堂迎來新的一年。堀井敬三頭部和左手的傷勢相當嚴重，直到一月底才完全康復，拆下頭上所有綳帶。

由於擔心他會過於焦急，影響身體的療養，我等到此時才拿出三首塔的照片。

看過寫在照片背面的地址，他欣喜若狂。從當晚他與我忘情纏綿的模樣，便感受得到他有多麼開心。

「音彌，謝謝。這樣我們就有救了。」

三天後，也就是二月一日，我們一大早便離開東京，踏上尋找三首塔的旅途。

兒時回憶

我們終於來到可遠眺三首塔的黃昏嶺。

在一片陰冷晦暗的鼠灰色森林中，見到那座聳立的巍峨寶塔時，我的心情彷若狂浪中的扁舟，澎湃激動。我憶起曾和母親在一個身分不明的老人的引領下，前往此塔。

一陣瘋狂擁吻後，敬三和我在附近一處隱密的枯草地坐下，靜靜眺望三首塔。

「音彌。」

半晌，男人在我耳邊低語。

「有印象嗎？妳來過這裡對不對？」

「嗯。」

「什麼時候？」

「五、六歲的時候。」

「跟誰？」

「母親，還有一個不認識的老爺爺。」

「那大概是玄藏老先生。」

「也許吧，不過母親好像很怕他。」

「當然，因爲他是個殺人逃犯啊。妳還記得哪些關於這座塔的事情？」

「有件不太尋常的……」

「不尋常？」

「唔，雖然事隔久遠，但閉上眼，當時的情形仍歷歷在目。那是在塔裡的某間房，我乖乖待在母親身旁，和老爺爺對坐。眼前放著金邊裝幀的空白卷軸，老爺爺要求我在上面按手印。」

「妳按了嗎？」

不知怎地，堀井敬三的話聲竟好似感動得發抖。

「嗯，儘管有些害怕，但母親要我照做。我忘記是用印泥或墨水，反正是母親幫我塗在手上，連十指指紋都仔細地按壓清楚。」

「妳曾告訴別人嗎？」

「沒有。母親一再交代我要保守祕密，長大後，總覺得那只是一場夢或幻影，毫無眞實感，也就逐漸淡忘。」

「伯母和妳是特地從東京過來的嗎？」

「應該吧，我不太記得。」

「那伯父怎麼說？他同意妳們隨玄藏老先生出門嗎？」

「父親不在家。那年爆發支那事變（註），他受軍隊徵召。」

「昭和十二年支那事變時，妳剛好六歲。妳是昭和七年十一月八日生的吧？」

「沒錯，你眞清楚。」

「除此之外，妳都沒什麼印象嘍？」

「嗯，我只對按手印的部分記憶深刻，至於前因後果，就如墜五里霧般模糊。」

「伯母是不是在妳十三歲那年去世的？她有沒有留下相關的遺言？」

「沒有，母親可能不認爲自己會早死。」

「是嘛。伯父半年後也跟著過世，臨終前他有任何交代嗎？」

「父親似乎一無所悉。他若知曉，一定會告訴上杉姨丈。」

註—即盧溝橋事變。

「妳的意思是，伯母對伯父也守口如瓶？」

「或許吧。就算玄藏老先生和母親私下達成協定，未來變數仍很大。何況他往昔行徑備受爭議，在佐竹家的名聲並不好。」

「音禰，」男人忽然望向我，眸中閃爍著異樣的神色。「妳對玄藏老先生要妳留下手印有何看法？」

「直到現在我才明白他的意圖。指紋是獨一無二的，且終生都不會改變，日後可藉以驗明我的正身，防止遭冒名頂替。對吧？」

「想必是如此。換言之，玄藏老先生擔心他中意的宮本音禰出現冒牌貨，於是預先採取防範措施。不過，音禰。」

「嗯？」

「依妳看，煞費苦心保護妳的玄藏老先生，是否對高頭俊作同樣用心？其實，當年他亦帶高頭俊作到塔裡，在卷上留下掌印和十指指紋，並藏在塔內某處。無論如何，我們都要找到卷軸。」

男人語氣愈來愈強硬，彷彿無法壓抑高漲的情緒般，忽然從枯草地站起身。

「親愛的，你拿那卷軸做什麼？」

男人並未回答，只是粗暴地吻我。他失控地緊緊抱住我，猛烈吸吮我的雙唇。

接著，我倆牽起手，循來時道路折返。爲順利潛入目的地，男人認爲得先謹愼偵察及蒐集相關情報。

蓮華靈骨塔

幸好，離三首塔所在的黃昏村不到半里遠處，有個名叫鷺之湯的溫泉旅館……或許稱爲溫泉療養地更適當吧。

鷺之湯位在播州平野的外圍地區，不論從山陽線車站，還是從姬路往津山的支線車站轉乘公車，都得花費一個鐘頭以上，算是地處深山的小村落。

我們在姬津縣的某車站換搭公車前往。沿途放眼所及莫不是山巒，從小生長在都市的我，不禁疑惑如此荒山野嶺怎有人煙，心中忐忑不安。

抵達後，我們卸下行裝，男人以來自大阪的古橋啓一和妻子達子的名義登記住宿。古橋啓一是西畫的後起之秀，達子則視作家爲職志。

擅長變裝的男人，自然散發出新銳畫家的丰采，且說得一口流利的大阪腔。雖然比不上男人，但當時受到寶塚學生們的影響，大阪腔蔚爲流行，所以簡單的對話難不倒我。旅館的服務員並未起疑，只當我們是大阪出身的畫家夫婦。喬裝成畫家確實是明智的選擇，這樣在三首塔附近徘徊或寫生都再自然不過。

初次望見三首塔的那天晚上，堀井敬三向送膳食進房的女服務生打聽消息。

「阿姊怎麼稱呼？」

「我叫阿清。」

「哦，好名字。阿清，這兒可眞安靜，似乎沒其他客人？農閒時期客人居然如此稀少，實在是出乎意料。」

「前陣子還挺熱鬧的，大概是快過年的關係，大夥都在家準備過節，之後就會……」

「會一窩蜂湧進人潮嗎？」

「不，再怎麼說，眼下經濟蕭條，生意也大不如前。大阪那邊呢？」

「糟透了。不管去哪裡，大家聊的不是這家倒閉，就是那家破產的。不論紡織或鋼鐵業景氣都很差，沒一個好的。」

我強忍著笑意，靜靜動筷。邊吃邊說、不時噴出飯粒的堀井敬三，怎麼瞧都像囉唆又不拘小節的關西人。

「不過，您可眞悠閒，還能和美麗的夫人一起來作畫泡溫泉。」

「噢，我老子留下一些財產。不過當然不能太奢侈浪費，我都盡量選花用少的地方，最後就找到這裡。告訴妳，我這老婆可了不起嘍。」

「哦？」

「她會寫小說哩。」

「哎呀。」

見我羞紅臉，男人開玩笑似地得意道：

「雖然是寫作新手，但很有潛力。她說想找個安靜的地方完成剛動筆的稿子，我們才會到這兒，我只是陪她而已。」

原來這男人曉得從江戶川公寓脫險、住進鶴卷食堂二樓後，我便不斷記錄著自身的遭遇。隨著頭部和臂膀的傷好轉，男人外出的日子逐漸增加。爲排遣寂寞，我著手記述一連串案件的經過，甚至將稿子帶來這裡，希望能好好整理陸續寫下的片段文章。男人居然注意到此事，不知他有沒有偷看過？內心又做何感想？我老用壞蛋一詞形容他……

服務生自然不明內情，只驚訝地睜大眼問道：

「夫人，您都寫些什麼呀？」

「這個嘛，阿清，其實我也不清楚。老婆保密到家，根本不讓我看。不過我大略曉得內容，她一定在書中把我罵得狗血淋頭。」

「哎呀，呵呵呵。」

「別笑呀，阿清。我可是全心全意地侍奉老婆哪，不料她卻將我寫成惡棍、壞蛋，簡直是好心沒好報。」

「老爺眞愛說笑。」

「好啦，話題就此打住。一聊起小說，我老婆就害臊。對了，阿清，儘管地處偏僻，偶爾也有我們這種愛嘗鮮的都市人來玩吧？」

「這倒是不多。」

「最近呢？這附近不是還有家鶴之湯？那邊有城市來的旅客投宿嗎？」

男人企圖打探古坂史郎及其同夥的行蹤。他推測古坂史郎發現三首塔的照片不翼而飛後，必會轉移陣地，所以始終保持警戒。

「沒聽說，怎麼？」

「唔，明天起我打算在這一帶寫生，不希望立起畫架時，旁邊有遊客圍觀。這樣很不好意思，因爲我實在畫技不佳。」

「您太謙虛了。老爺，您有沒有什麼中意的景點？」

「嗯，剛剛和老婆散步時，發現一座奇怪的塔。那是啥？」

「蓮華靈骨塔。」

「我想以山巒爲背景畫那座塔，會不會挨罵呀？」
「應該不會……」
「有誰住在塔裡嗎？」
「目前是位五十五、六歲左右，名叫法然的和尚獨居在內。以往還有個年輕弟子，一年前卻忽然不知去向。」
「那座塔有何特別的來歷？我嚇一大跳，沒想到此處竟然有靈骨塔。」
「城裡來的旅客都這麼說呢，其實從前那邊是刑場。對面不是有個叫川崎的小鎮？由於鐵路沒經過，變得十分蕭條冷清。往昔那裡是城下町（註），曾經繁榮一時。明治時期，因上方的鳥巢山盛產銀礦，許多淘金客蜂擁而至，鐵路也延長到鎮上，帶來無限商機。可惜，之後銀山夢碎，又廢除行經的鐵路，川崎便淪落爲今日凋敝荒涼的模樣。城下町時代，現在的蓮華靈骨塔附近就是刑場，進入昭和年間，不知名人士出資在那裡蓋起靈骨塔，並提供大片農田爲經費來源。然而，歷經戰後的農地改革，大半田畝遭奪取，經營從此陷入困境，自一年多前年輕弟子逃跑後，法然和尚就隱然遁世。雖然如此，去寫生應該沒關係，只是千萬別惹他不高興。您曉得的，上了年紀難免性情乖戾。」

註——以領主居住的城堡爲核心建立的城市。

阿清滔滔不絕地不問自答，託她的福，我們逐漸掌握三首塔的情況。

法然和尚

我在鷺之湯旅館整理這段期間的紀錄，撰寫至前一節〈蓮華靈骨塔〉。

當時我便隱隱有所預感，在三首塔裡必定會發生什麼事。萬一慘遭不測，我希望至少能留下隻字片語，讓世人知道這個悲慘的宮本音禰，是如何自甘墮落、自取滅亡，因此我盡可能坦誠敘述自身的心路歷程。換言之，這等同我的遺書。

但很幸運的，我還活著。那惡夢般的恐怖事件終於結束，我決定續寫未完的內容。

原本我並無此一打算，因爲我實在無法承受提筆爲文的殘酷。不過，金田一耕助卻鼓勵我：

「好不容易寫到這裡，實在沒理由半途而廢。何況若不完成，妳不覺得有愧於那個人嗎？」

如他所言，爲了對我的不明事理、膚淺無知致歉，我必須努力堅持到尾章〈大團圓〉。

於是，我鼓起勇氣，重新拾筆。

話說回來，抵達鷺之湯的第二天風和日麗，男人一早便拿著三角畫架和畫布外出。臨走前，他開口道：

「老婆，待會兒能帶便當來給我嗎？今天很溫暖，我們不如在草地上野餐。」

「好啊。要去哪裡找你？」

「我會在那座塔附近。阿清，不好意思，等一下能請妳幫她帶路嗎？」

顧慮到一旁的阿清，我以彆扭的大阪腔回答。

「沒問題，正午時分我再陪夫人送便當過去。」

「麻煩妳了。」

男人出門後，我關在房裡寫「小說」。如此，既可避開阿清好奇的銳眼，也方便著手整理「遺書」。

十一點多，阿清捧著便當來敲門，我匆匆將原稿收進手提箱裡上鎖後，便隨她出發。沿途她不厭其煩地問東問西，話題圍繞著我們的夫妻關係打轉。或許是新生代畫家和新進女作家的結合，引起她極大的興趣吧。

於是，我只好盡量擺出羞赧少婦的模樣應付，除「是」與「不是」外絕不多說，以免蹩腳的大阪腔穿幫。

抵達昨天我和敬三到過的黃昏嶺，阿清告訴我：

「啊，老爺在那裡。」

只見離三首塔約一百公尺遠的地方，男人站在畫架前，悠然揮灑色彩。一名包著頭巾的黑衣和尚，拄著枴杖站在他身旁。

「那是法然和尚嗎？」

「沒錯。那麼，容我先告退。」

「咦，爲什麼？」

「我上次惹得他大發雷霆……夫人，便當就交給您。」

阿清把便當塞進我手裡，一溜煙地逃跑。不得已，我獨自走向男人。兩人聽見我的腳步聲，不約而同轉過頭。

「達子，辛苦了。阿清呢？」

「她只陪我到那邊。」

「呵呵，那女人大概很怕我。」

「達子，這位是法然方丈，十分和藹可親。方丈，這是我提過的內人達子。」

「您好。」

我低頭致意後，發覺法然和尚竟目不轉睛盯著我。

「眞是個美人，難怪妳先生滿口夫人經。噢，失禮，我是法然。」

法然和尚一身與年齡不符的光滑皮膚，花白鬍鬚長及胸前，剃得精光的腦袋上裹著布巾。

「方丈，別再逗她開心了。她沒見過世面，是個千金小姐。」

「抱歉、抱歉。夫人，妳先生畫技高超，想必很好賣吧？」

我繞到男人身後，隨意望向畫布，不禁訝異得屏息。

他已完成三首塔的輪廓素描。

猙獰的影像

我愈來愈不了解堀井敬三。

從那之後，他每天都前往三首塔附近寫生。隨著時間流逝，畫布上出現帶有尤特里羅（註）穩重風格的風景圖，我心情一陣澎湃激動。

註—Maurice Utrillo，一八八三～一九五五，巴黎畫派最著名的風景畫家。擅長描繪巴黎市蒙馬特區的房屋街道，平凡中充滿詩意，洋溢著濃烈的情感。

「親愛的，你學過繪畫嗎？」

到這裡兩週後的某個夜裡，我在枕邊輕聲問他。

「不，沒正式學過。但我從小就很有興趣，一度還想當個畫家。」

「你喜歡尤特里羅？」

「哈哈，看得出來嘛。其實我並未特意模仿，但畫冬天寂然的風景時，就帶有尤特里羅的感覺；若畫盛夏風光時，又會出現梵谷的影子，哈哈哈。音禰，妳的小說寫得怎樣？」

「目前算是告一段落，雖然不曉得後續將會如何……」

「大概還有得發展。」

男人嚴肅回答後，忽然想起似地說：

「對了，音禰，法然和尚答應讓我到三首塔參觀。他要我帶夫人同行，妳也一塊兒去吧。」

我不禁胸口一緊，心跳加快。

「終於能進去。」

「嗯，真是個難應付的老先生，光巴結他就耗費整整兩週。」

「親愛的，你知道卷軸放在哪裡嗎？」

「不，所以要拜託妳盡量討他歡心，讓我有時間自由進出那座塔。明白嗎？」

「好。」

「說也奇怪，我套過法然和尚的口風，卻沒發現古坂史郎他們有任何動靜。莫非他還未注意到那張照片已遺失？」

「親愛的，他若察覺就一定會有所行動嗎？」

「當然，他可不是省油的燈。」

「古坂史郎究竟是何方神聖？他不是佐竹家的人，怎麼有三首塔的照片？」

「關於這一點，或許看過塔內就會眞相大白，我先保留答案。」

翌日午後，我隨著男人前往三首塔。法然和尚與平常一樣纏著頭巾，在塔外等候我們。

這一陣子的好天氣，到今日忽然急轉直下，天空陰霾晦暗，寒氣徹骨。

「法然方丈，今天眞夠冷的。」

「是啊，很久沒這麼冷。夫人，歡迎光臨。那麼我來帶路。」

戰後就怠於整修的塔內滿是腐舊氣味，加上建築物採光不良，在陰霾的天候下更顯陰森恐怖。

「這樣看不清楚。請稍等，我去取照明。」

法然和尚似乎住在塔後。不一會兒，他便拿著一盞火光搖曳的舊式燭臺燈返回。

「呵呵呵，這下就更有遊覽古塔的氣氛。」

「裡頭非常暗。兩位請跟我來，先帶你們參觀主殿。」

我們脫鞋入內，陣陣寒氣滲進襪底，只覺侵肌透骨。穿過階梯式的走廊，行經擋風隔板後，來到鋪著榻榻米、約六坪大的陰暗房間。房裡一側裝著如牢獄般的細格欄，朦朧的燈光一明一滅。

「就是這兒。你們可知道，主殿供奉著三顆頭顱？」

「頭顱？」

男人刻意誇張地倒吸口氣。

「方丈，別嚇唬我們，這裡有個膽小的婦人呢。」

「哈哈，抱歉、抱歉。我說的不是眞的人頭，而是木刻頭顱。」

「那就好。你一開口就提到頭顱，我也嚇一大跳。不過，爲什麼要供奉這些頭顱？」

「詳情待會兒再談。總之，這便是此塔又名三首塔的原由。來，進去吧。」

法然和尚轉動鑰匙，卸下巨大的門鎖後，率先走進主殿。男人催促著猶豫不決的我，隨即跨過格欄，我只好勉強跟上。

由三面牆包圍的主殿內，比格欄外更顯幽暗，彼此的面貌也益發模糊不清。三盞燭臺的燈蕊燒得吱吱作響，瀰漫著淒涼孤寂的空氣彷彿會攝人魂魄，我忍不住打了個寒顫。

「瞧，就是那三顆頭顱。」

在法然和尚手上的燭火映照下，三個木雕人頭閃著黑色光澤，排列順序和從史郎旅行箱裡找到的照片一樣，自右到左分別是佐竹玄藏、武內大貳和高頭省三。

與照片相較，眼前的實物更加逼眞，且鬼氣森然。此時，男人在我耳邊低語：

「妳看中間的頭顱，是不是似曾相識？」

仔細凝視武內大貳的面孔，霎那間，彷彿電流竄過四肢百骸，我驚恐無比。儘管光憑照片難以辨認，但實際上，這個木雕人頭竟與古坂史郎有幾分神似。

青銅蛇

「古橋先生，你說什麼？」

法然和尚以燭臺燈火照亮男人的臉孔問道。

「沒什麼。」

目睹與古坂史郎極為相似的頭顱，一向膽大的男人也感到些許畏怯，差點發不出話聲。

「最右邊的佐竹玄藏，殺死中央這位武內大貳。據傳動機和銀山有關。」

法然和尚把燭臺放在祭壇上，低聲娓娓道來。

「富家子佐竹玄藏遭淘金客大貳矇騙，和好友高頭省三合資，開挖根本不產銀礦的鳥巢山，最後賠光老本。驚覺中大貳的圈套而血本無歸的玄藏，衝動地以武士刀砍下大貳的首級。玄藏年紀雖輕，刀藝卻十分精湛。」

法然和尚繼續道：

「行凶的玄藏旋即逃逸無蹤，聽說已遠走國外，至今下落不明。而殺害大貳的罪名，不知怎地，竟落到高頭省三的身上。共同出資的省三不但是受害者，對大貳恨之入骨，也精於刀法，加上輿論都認定他是兇手，因此當局不問青紅皀白，直接逮捕省三，並嚴刑拷問，逼迫他承認莫須有的罪行，最終以死刑定讞。當時的刑場，就是這座塔的所在地。古橋先生，你恰好站在清洗首級的水井正上方。」

「嚇！」

男人大喊一聲，驚慌得想跳開。

「嘿嘿嘿，太遲了。」

倚著祭壇桌的法然和尚，背後忽然發出喀嚓喀嚓的轉鎖聲。

「啊、啊、啊、哇啊！」

男人慘叫著消失在我眼前。

一切發生得太突然，我根本來不及反應，只能茫然望著腳下的四方形孔洞。下一瞬間，我發瘋似地趴在洞口想看清下方的情況。然而，遙遠的洞底傳出撕裂聲，緊接著是一次沉重的碰撞。很快地，四周恢復寂靜，底部吹上來陣陣椎心刺骨的寒風。

「親愛的，啊，親愛的……」

我聲嘶力竭地呼喊。失去男人的絕望與悲慟讓我忘記周遭的一切，包括恐懼與迫在眉睫的危險。

「親愛的……親愛的……」

此時，法然和尚從背後緊緊抱住我。

「夫人，妳可不要傻傻跟著跳。」

這個和尚到底是誰？我根本沒去思考，就算弄清他的底細，也不會改變敬三墜落的事實。在漆黑的洞穴中，敬三恐怕性命難保。

「親愛的、親愛的，你還好嗎？」

我緊張地趴在洞口，淒厲高喊。

「小心別讓這女人掉落。」

身後忽然傳來男子的話聲。猛一回頭，我頓時陷入絕望的深淵。

在格欄外嗤笑旁觀的，居然是古坂史郎和由香利。而鬼頭庄七則站在由香利背後。

果然如敬三所料，古坂史郎確實已伸出魔手。

「史郎，你還對這女人念念不忘嗎？方丈，沒關係，儘管推她下去。」

沒想到，楚楚可憐的由香利竟吐出如此殘忍的話。

「不行！方丈，絕不能殺那女人。」

古坂史郎心慌意亂，打算衝進格欄內，卻被由香利抓住手臂。

「呵呵，你眞固執，我不會讓你如願的。方丈，幹嘛拖拖拉拉的？那女人可是你的情敵，快推她下去。」

我完全聽不懂由香利這番費解的話，不過，雙臂緊扣住我的法然和尚卻爲之一震。趁他放鬆力氣的瞬間，我甩開他的手大喊「親愛的」，便縱身躍下。

不知經過多久，我在如驟雨般的狂吻和聲聲呼喚中甦醒。周遭一片漆黑，我發現自己被敬三抱在懷裡。

「啊，親愛的，是你嗎？是你嗎？」

「是我，音禰，是我。」

「親愛的、親愛的……」

我們在黑暗中瘋狂相擁。此刻，我深深體會到不論身陷何處，只要能和這男人在一起就是種幸福。男人憐惜地撫摸著我的頭說：

「音禰，有受什麼傷嗎？」

「沒有，我不覺得哪裡會痛。」

「那就好，看來我接得不錯。妳也是被那和尚推落的嗎？」

「不，是我自己跳下的。與其遭那些傢伙戲弄，不如與你共赴黃泉。」

「那些傢伙？」

「古坂史郎、佐竹由香利，還有鬼頭庄七。咦，你受傷了？」

忽然在男人身上摸到黏糊糊的液體，我大吃一驚。

「嗯，墜落途中一度抓住的東西斷裂，繼續掉到井底時摔破左肩，沒什麼大大不了的。」

「這樣血流不止不行。來，我拿圍巾幫你包紮。你身上有沒有火柴？」

「對了，大衣口袋裡有手電筒。」

一陣摸索後，果然找到一支手電筒。我忐忑不安地按下開關，幸好燈光瞬間亮起。

「親愛的，先脫掉上衣。」

「嗯。」

敬三脫下外套，只見汩汩鮮血將襯衫濡濕一大片。他褪下半邊襯衫，露出的結實左臂上扣著一枚蛇形青銅環。不論何時何地，他都不曾卸下這臂環，也絕不讓我碰觸。

「親愛的，這臂環非拿下來不可。」

「好吧，音彌。不過，請先給我一個吻。」

男人目光中裡帶著溫柔的笑意。我親吻他的眼眸和嘴唇後，輕輕拆除臂環。從肩頭不斷冒出的鮮血染紅整個臂膀。

而以圍巾擦拭血跡時，我竟然看到那個刺青……

井底

發現敬三左臂上刺著相戀傘的圖案時，我心中的震撼絕非筆墨能形容。

我曾在橫死於國際飯店的男人左臂上，見過一模一樣的刺青。爲什麼堀井敬三也有相同的刺青？

對了，或許他企圖代替遇害身亡的堂兄與我結婚，進而侵占龐大的遺產。不，這不可能，因爲黑川律師曉得高頭俊作已遇害身亡，根本無法冒名頂替。況且他一臉自信，眼神又如此溫柔。

我不知所措地輪流望著刺青及他的表情，腦袋一片混亂，根本理不出頭緒。

「親愛的，」我深吸口氣問道：「你手臂上的刺青是怎麼回事？」

話還沒說完，他突然大叫「危險」，一把將我拉進強健的臂彎。緊接著，伴隨一陣轟轟聲響，一塊大石從我後方滾下。

「音禰，關掉手電筒。」

原來如此，古坂史郎他們以手電筒的亮光爲目標，往井裡扔石頭。我連忙關燈，緊緊依偎在敬三懷中。

不久，兩、三塊大石連續滾下，幸好井底邊上有個凹陷的窟窿，敬三趁我昏厥之際，將我拉進窟窿中，我們才沒被落石壓扁。只是，聽見黑暗中響起石頭相互撞擊的巨大回聲，脊背僵痛的我仍不由得拚命鑽進他懷中，直冒冷汗。

又落下幾塊大石後，上方傳來砰的聲響。那些壞傢伙似乎封住了井口。

敬三抱著我稍稍移動位置，而後抬頭仰望。

「音禰，不要緊，快幫我包紮吧。」

「親愛的，能開手電筒嗎？」

「嗯。」

點亮手電筒一看，地上竟有五、六個滾落的大石頭。

「剛剛眞是千鈞一髮。」

即使身處險境，這男人依舊一派輕鬆地談笑風生。此時此刻，他的堅強可靠更深深打動我的心。

俐落包紮好傷口後，我怯怯地抬頭望著他。

「親愛的，那刺青是怎麼回事？」

「哦，我正想告訴妳。謝謝。傷口處理好後，先關掉手電筒。我們可以摸黑說話，不過電池得省著用。來，讓我抱一下。」

「好。」

男人把我抱在膝上，溫柔地撫著我的頭髮道：

「音禰，妳一直沒注意到嗎？」

「什麼？」

「我才是眞正的高頭俊作。」

雖然他盡可能表現得雲淡風輕，這句話卻讓我驚訝得差點喘不過氣，一時爲之語塞。

「音彌，」男人緊緊抱住我，「爲什麼沉默？爲什麼不開口？」

陷入混亂中的我不知該講些什麼，只好問道：

「親愛的，在國際飯店遇害的是誰？」

「那是我的堂弟高頭五郎。圖謀不軌的叔叔，從小就偷偷讓我和堂弟身分對調，等一下我會仔細告訴妳。不過，有件事希望妳能明白。妳願意相信我的話嗎？」

「嗯。」我好不容易壓抑住激動的情緒回答。

「謝謝。我絕非妳想像的那種無惡不作的壞蛋，只因從事地下買賣，認識許多三教九流的人物。再說，音彌。」

「什麼？」

「妳是我的初戀，我第一個女人，也是唯一的女人。請妳一定要相信。」

「親愛的……」

曾幾何時，我已淚流滿面。淚水滲透襯衫，沾濕男人的胸膛。

男人溫柔地撫著我的頭，繼續道：

「妳一定想問，赤坂的由里子和鶴卷食堂的富子是怎麼回事吧？」

「不會。因爲我明白，玩弄她們的是你堂弟。」

「噢，音彌，妳總算肯相信我。堂弟素行不良，平常以傻作的身分生活，只有使壞時用本名五郎，所以我經常揹黑鍋，替他收拾殘局。」

「親愛的，對不起。我眞慚愧，這一路走來竟毫無所覺。」

宛若河水潰堤，我淚流不止。不過，滾滾熱淚也融化長期糾結在我心中的疑惑。

「爲何不早點告訴我實情？」

「抱歉，但應該沒人想惹上殺身之禍吧？」

「殺身之禍？」

「沒錯，我堂弟就是前車之鑑。只因透露自己名叫高頭俊作，立刻招致殺機。且兇手一個晚上連續將三名男女送上祭壇，是相當難以捉摸的狠角色。若這種殺人不長眼的惡徒得知遇害的是五郎，我才是貨眞價實的俊作，我一定會慘遭不測。雖然我既非膽小鬼也非懦夫，可是敵暗我明，難以防範。於是，我決定暫時以第三者的身分出現在妳面前。但這麼一來，最令人擔心的就是妳了。音禰，妳懂我的心情嗎？」

欣慰的眞相

我渾身發燙、呼吸急促，情迷意亂地依偎在他懷中。原來他並非大壞蛋，原來他才是黑川律師拿出的照片上，那個讓人一眼傾心的少年。爲什麼我一直沒發現？

不過，我是女人。女人就是心思敏感，點子多。即便沉浸在無比的幸福中，我仍不忘裝糊塗。

「懂什麼？」

「哈哈哈，狡猾的小妞，妳明知我的意思。」

男人用力抱住我，緊貼著我的臉頰。

「在國際飯店走廊上相遇時，我立刻認出是妳。由於我在黑川律師底下工作，早對妳耳熟能詳。當晚，妳的美豔讓我心蕩神馳，而妳又目送我的背影離去。音禰，黑川律師是不是給妳看過我幼時的照片？那一刻，妳在我身上瞧見的，是潛意識中那張照片投射出的影像吧。」

沒錯，就是這份感覺讓我做出羞恥的行爲。不過，現下回想起來也是好事一樁。我在他懷裡點頭贊同。

「妳依依不捨地目送我離開的那一幕，不斷撩動我的情緒。而之後，我又發現一件不妙的事。」

「不妙的事？」

「就是高頭俊作的死訊。雖然是冒牌貨，但只要公認的高頭俊作身亡，妳就能解脫，不需和他結婚。儘管我不清楚高頭俊作喪命後，遺書內容會有什麼更動，不過妳是這樣美麗，又剛從學校畢業，正值適婚年齡，上門提親者肯定絡繹不絕。想到這裡，我便心如刀割，難以忍受。我絕不願將妳拱手讓人，無論如何一定要得到妳。所以我才使出非常手段，強行進入妳房間。妳還生我的氣嗎？」

「我不知道。」

我像撒嬌的孩子，搖著頭在他懷中用力磨蹭，根本壓抑不住興奮發燙的體溫。

「不過，當初妳倒是很輕易就允許我。」

「不管、不管！壞心眼！」

我握拳朝男人胸膛一陣搥打，陶醉在幸福中。噢，我知道自己沒看錯，委身給對的男人。

「這代表妳不氣嘍？」

「親愛的……我很開心。」

「謝謝，音彌。」

男人從我微微沁汗的額前撥開髮絲，溫柔地親吻我。

「雖然我們的結合並不尋常，不過，請相信我們是天生一對。」

「親愛的。」

「嗯？」

「由里子和富子都與你毫無瓜葛，我好高興。」

「音彌，我向妳發誓，也對天發誓，我沒碰過其他女人，眞的只有妳。可是妳呢？」

「什麼？」

「妳和志賀雷藏或古坂史郎有沒有牽扯？」

「不來了！」

我扭動身子想離開，卻被男人摟得更緊。

「抱歉，妳從黑市貿易商聚會上失蹤的那幾天，我彷彿活在煉獄，生不如死。」

「親愛的，相信我。那些人若碰過我一根寒毛，現下我絕不可能和你開心擁抱。」

一片漆黑中，我們忘情長吻。

經過一會兒，我撒嬌地問：

「親愛的，爲何不早點告訴我，其實你才是傻作？我一定會守口如瓶的。」

「我擔心妳不會相信，因爲沒任何證據能證明我就是俊作。叔叔嗅到我將繼承一筆龐大的遺產，便在他兒子五郎左臂上刺下和我一模一樣的刺青，巧妙地讓我們身分對調。我從小父母雙亡，寄人籬下，不得不服從叔叔的命令。得逞後，叔叔離開故鄉倉敷，到大阪定居。從此，我成爲五郎，而堂弟變成俊作，沒人能證明我才是正牌。目前僅存的證據則是……」

「僅存的證據？」

「就是掌印和指紋哪。音禰，之前我告訴過妳，高頭俊作也曾被帶到這座塔裡留下印記。」

「啊，那麼你……」

「沒錯，我來這座塔的時間必定在妳之後。如妳所言，那時的情形依然歷歷在目。我和玄藏老先生坐在明亮的房內，他約莫八十歲，白髮垂髻、長鬚及胸，一身西裝屈膝端坐。我大概是十或十一歲，穿著縫有金鈕扣的學生服。面前的鑲金卷軸上，早印著一對如紅葉般小巧的掌印，旁邊還分別留有十枚指紋。老先生要我自行押印，並拿出一張可愛的幼稚園女童照，告訴我只要聽話，長大後這女孩就會變成我的新娘子，兩人也會成爲大富翁。當時我年紀小，根本不在意財產，但那女孩實在太甜美，幼小的我很期待能娶到她，於是開心地遵照吩附。當下，我曾向老先生詢問女孩的名字，他說是宮本音禰。」

男人稍稍停頓後，繼續道：

「由於當時是轎車直接把我從倉敷載到這裡，且沿途我都蒙著雙眼，所以我不曉得三首塔的位置。看來，玄藏老先生早對叔叔懷有戒心。」

惡靈

「親愛的，這卷軸還放在塔裡嗎？」

「應該沒錯。老先生曾告訴我，這卷軸將小心地保存在塔裡，總有一天會派上用場。老先生恐怕早料到會有冒牌貨出現。」

「所以，只要取得卷軸，就能證明你是高頭俊作嘍？」

「對，沒有比指紋更確實的身分證明。不僅老先生清楚記下這是『高頭俊作的掌印和指紋』，且同一幅卷軸的同一紙面上，還有妳的掌印和指紋。大概找不到比這更有力的證據吧。」

假如他是高頭俊作，便沒必要殺害任何人吧？只要找到卷軸，驗明正身，就能和我結婚，並順理成章地繼承玄藏老先生的遺產。哪需要流血？哪需要殺人？

消除他涉案的嫌疑，讓我既心安又開懷。這段期間，我歷經殘酷的喋血凶殺，以致不時會懷疑這男人。

我依偎著他，彷彿坐在搖籃裡。此時，心中忽然莫名一陣惶恐。

「親愛的，古坂史郎會不會把腦筋動到那卷軸上？」

「音禰，雖然我也考慮過這點，但不認爲史郎曉得卷軸的事。」

「可是，他是武內大貳的……」

「嗯，應該是武內大貳的後代。剛才那尊木雕確實和史郎非常神似，可見他一定是武內潤伍的兒子。」

「武內潤伍是玄藏老先生帶到美國，準備讓他成爲繼承人的那位嗎？」

「沒錯。黑川律師提過，爲了贖罪，老先生原打算讓命喪自己手下的男人子嗣繼承全部財產。無奈潤伍是個扶不起的阿斗，於是老先生給他一筆錢，趕他回日本。聽說此事發生在昭和五年，若潤伍返國後曾結婚生子，正好與古坂史郎的年齡相符。然而，老先生要求我們留下手印是在昭和十二年，約莫是兩人分道揚鑣後七年。我認爲老先生不可能把如此重大的祕密，告訴與他恩斷義絕的人，所以潤伍不知道的情報，兒子史郎當然不可能知道。」

「你的說法也不無道理。」

我多少鬆了口氣。

「不過，從古坂史郎擁有三首塔照片這點來看，那似乎是他父親潤伍拍攝的。潤伍接獲玄藏老先生回日本建造靈骨塔的消息，或許曾面見老先生探詢遺產的問題。於是，史郎繼承父志，持續接觸佐竹家後代子孫。潤伍純粹是爲了報仇，到兒子這輩卻變本加厲，貪財好色，利慾薰心。」

「那麼，武內潤伍現下在何處？」

「這號人物始終沒出現，想必已亡故。據說三年前，玄藏老先生曾收到恐嚇信，或許武內潤伍之後就離開人世，也可能那是史郎冒名所爲。不過，這不重要。即使潤伍死亡，他的意志也早化成惡靈，繼續存活在史郎心底。搞不好比起潤伍，史郎還更殘酷凶狠。」

我心有戚戚焉。當時在江戶川公寓裡持剃刀脅迫我的史郎，儼然是個不折不扣的惡魔。

「親愛的，莫非這一連串命案皆是史郎推動的？」

「目前最棘手的，便是無法確定行凶的是誰。」

「難道不是史郎嗎？」

「史郎是個狠角色，只要苗頭不對，就算殺人也在所不惜，偏偏他都有不在場證明。我認爲，他還沒有能力策畫如此綿密的連續謀殺案。兇手肯定是見過世面，且思慮嚴謹的厲害人物。」

放眼望去，我的周圍似乎找不到這種大人物。難不成是建彥舅舅？

「你指的究竟是誰？」

「眞相終究會水落石出的，我們不如來探險一下。音禰，妳先起來。」

我不明白男人爲何支吾其詞，但我不以爲意，順從地站起。

或許聽著像是謊話，不過我對身陷密閉井底的境況毫無實感。

男人泰然自若的態度，讓我彷彿吃了顆定心丸，深信只要和他在一起，必能逢凶化吉。曾幾何時，我近乎盲目地依賴著他。加上方才他那一席告白，讓我樂不可支，完全忘記當下的處境。

然而，見男人打開手電筒仔細勘查四周時，我恍若大夢初醒，害怕與不安一湧而上。

唉，我們能活著離開這裡嗎？

井底

現下，我們待在井底一處直徑約六尺長的窟窿內。窟窿的形狀像個切掉下半部、橫立起的碗。雖不清楚爲何井底會有窟窿，但多虧如此，我們才能躲開落石的攻擊。

井壁的茶褐黏土間隙不停冒出水，可是地面卻絲毫不見積水，或許全滲進地底了。

「大概是地震造成岩層變動，導致井水乾涸，變成一口空井，我們也因此逃過一劫。」

男人邊說邊敲打黏土牆壁。

「親愛的，你在做什麼？」

「小說中常出現在空井底旁找到暗道的情節。不過，這口井似乎沒有那麼浪漫的設計。」

情況就如男人所言。我也跟著敲敲牆壁，但除了沉重的回音，聽不見任何反響。

「算啦，音彌，再怎麼試都沒用。這只是平凡無奇的空井，唯一的生路，就是我們被推下的井口。」

男人從窟窿走到井底，拿手電筒往上照。然而，微弱的光線根本照不到井口的封蓋。

「親愛的，你認爲這井有多深？」

「唔，依墜落時的感覺，至少有三十公尺吧。」

「我們居然沒受傷……」

「途中我曾抓住某樣東西，妳看那裡。」

男人將燈光移向地面，只見狀似梯子的殘骸被壓在四散的石塊下方。仔細一瞧，原來是四分五裂的腐朽木梯。

「我死命抓著那梯子，不久卻傳出扯裂聲，我立刻順勢隨梯子躍下。肩膀就是在這時候不小心撞傷的。」

隨著手電筒光線往上望，十公尺上方的壁邊垂掛著斷裂的梯子骨架。

這想必是在井水枯竭後裝設的，而井底的窟窿可能是爲儲藏物品之需挖掘，但似乎早棄置不用，梯子亦丟在原處任其腐壞。

我不禁打個寒顫，假如沒有這把梯子會怎樣？恐怕他身手再矯捷，也無法倖免於難。甚至，若他沒適時接住我，我八成已粉身碎骨，現下兩人大概正並肩攜手橫渡奈何橋吧。

就著手電筒的亮光查看，我們發現井底離吊梯下端足足有十公尺，即便兩人身高相加仍搆不著。或許使盡全力能勉強觸及，但以梯子朽壞的程度來看，只怕連一個人的重量都不堪負荷。

我再次感到驚惶不安。

男人默默丈量著井底直徑。不過，由於這口井相當大，縱使他張開雙臂、側身傾斜，依舊沒辦法抵到牆面。要是成功，男人應當會用四肢架成橋梁，支撐壁面攀爬上去。

認清無計可施、根本無法脫逃時，男人輕輕聳肩，走回窟窿坐下。

「音禰，過來吧。站在那裡很危險，不曉得會掉下什麼東西。」

「好。不過，」我靠近男人身旁，「眞逃不出去，我們會怎樣？」

「一定會有誰來救我們的。」他輕描淡寫地回答。「生命沒那麼脆弱，整天憂心忡忡反而糟糕。音彌，放輕鬆比較好。」

「我一點都不擔心。只要和你在一起，死也無妨。我就是這麼想才會跳下來。」

「音彌，謝謝妳。」男人又把我抱進懷裡。「我性格好強，但這並不是洩氣話，我們絕對能獲救。首先，鷺之湯那邊知道我們今天到靈骨塔參觀，旅館人員發現我們沒回去，一定會來打聽我們的下落。何況，還有一個人曉得這座三首塔的存在，就是東京的……」

「誰？金田一耕助？」

「不，不是。」

「那究竟是誰？」

「殺害海倫根岸的兇手。」

「天哪，」我不禁瞠目結舌。「為什麼？」

「妳不是曾說，古坂史郎的旅行箱鎖頭是壞的？」

「啊！」

「對吧？不管是誰，都不會把重要物品放在鎖頭毀損的箱子裡，所以肯定是有人早妳一步查看過旅行箱，極可能是殺害海倫根岸的兇手。這並非憑空臆測。」

這麼一提，當時那個信封口被撕得亂七八糟的。

「不過，兇手何沒拿走相片？」

「因爲他比妳聰明……該說比妳世故吧。若只有鎖頭受損，古坂史郎或許會認爲兇手翻動過旅行箱但未注意到照片，而掉以輕心。」

「那麼，我眞不應拿走照片。親愛的，對不起。」

「沒關係，我很清楚，妳一心想讓我看那張三顆頭顱的照片。而且，由於妳這舉動，古坂史郎反倒沒察覺兇手已偷窺過照片。」

「親愛的，」我緊貼男人胸膛，呼吸急促。「難道那兇手會來滅口？」

男人默默輕撫我的背，接著啞聲回答：

「音禰，在東京那種車水馬龍的大都會，不論兇手是誰，我都能避開耳目，順利進行調查。然而，一旦置身偏僻的鄉下，我卻格外顯眼。不，就算沒引起別人注意，有個人也一定會發現。」

「誰？是誰？」

「金田一耕助。」

我不禁愣住，抬頭望著他。只見他露出惡作劇般的微笑，吻上我的臉頰。

「人間事還眞諷刺，昨是敵今是友。說不定只有金田一耕助是我們唯一的希望。哈哈哈。」

噢，假如眼前這男人是眞正的高頭俊作，便沒必要害怕金田一耕助。我的念頭一轉，原本視爲眼中釘的金田一耕助，忽然搖身變成帶著萬丈光芒的救星，或許人就這麼現實吧。

同性戀煉獄

儘管如此，我心中仍惶惶不安。

「親愛的，法然和尚在此事中扮演什麼角色？他怎會忽然變成敵人？」

「其實我也一直在思考這點……古坂史郎和佐竹由香利都在上面？」

「嗯，鬼頭庄七也在場。」

「鬼頭庄七？他們爲什麼和鬼頭庄七一起來？」

「親愛的，你的意思是？」

「佐竹由香利身旁已有登對的男伴，鬼頭庄七也就失去利用價值。既然如此，何必特地帶他同行？」

「親愛的，搞不好鬼頭庄七就是武內潤伍，父子倆分別對佐竹家成員下手？」

「呵呵呵。」男人悶聲低笑。「音禰，雖然妳的想法浪漫又有趣，不過情況恐怕並非如此。我徹底調查過所有關係者的背景，鬼頭庄七自始至終就是鬼頭庄七。這傢伙長相猙獰，一副凶神惡煞的模樣，骨子裡卻十分懦弱。說到底，不過是由香利這小妞的傀儡。」

「他和由香利是什麼關係？」

「由香利的父親去世後，她母親改嫁鬼頭庄七。等她母親一死，兩人很快便搞在一起。」

我不想再聽下去。只要憶起當時那段驚世駭俗的演出，就讓我噁心作嘔。

「所以，我不認爲史郎或由香利有必要帶鬼頭庄七隨行。不，更奇怪的是法然和尚。依我在附近打探的情報，他理當不是壞人，實在不明白他怎會和史郎及由香利有所牽連……」

「對了，法然和尚原本沒打算推我下井，由香利卻告訴他一些莫名奇妙的話，我聽得一頭霧水。」

「什麼？」

「她說『那女人是你的情敵』。」

霎時，環抱著我的男人渾身僵硬。我不禁望著他。

「看來她指的是妳。當時古坂史郎在場嗎？」

「嗯。」

「史郎有何舉動？是不是想向妳伸出援手？」

「對，於是由香利忽然開口。親愛的，她的話究竟有何含意？」

男人沉思半晌，接著輕輕撫摸我的頭髮，沉聲道：

「抱歉，都怪我不注意才害妳身陷險境。我早該察覺這一點。」

「別這麼說，我無所謂。只要能和你同生共死，我就心滿意足。不過，這到底是怎麼回事？」

「音禰，妳應當曉得我很在意古坂史郎。我曾告訴妳，若史郎發現照片被妳拿走，一定會找來這裡。而偏遠鄉村只要有外地人闖入，必會引起居民注意。」

「嗯，然後呢？」

「可是，出乎意料地，這些時日附近始終沒傳出史郎的消息，令我百思不解。現下看來倒也難怪，因爲史郎藏身在法然和尚那裡。」

「法然和尚和史郎是什麼關係？」

「妳記得嗎？鷺之湯的阿清曾提及，一年多前，除了法然和尚，還有個年輕弟子住在三首塔。」

「唔，所以？」

「音禰，史郎那張三首塔的全景照，和我手上的是同一年代拍攝，另一張三顆頭顱的照片卻很新。而妳提過，史郎的旅行箱裡有臺照相機。」

「哎呀，難道那名弟子是……」

「我們自然會聯想到史郎。三年前，武內潤伍寄恐嚇信給在美國的玄藏老先生後，不久即去世。臨終前，他將一切告訴史郎。首次聽聞這錯綜複雜的往事，史郎爲釐清其中的疑點，便尋得三首塔，並成爲法然和尚的入室弟子，以探詢箇中原委。這推論很牽強嗎？」

「不，不會。」我緊張得呼吸急促。「史郎是在那時候拍下三顆頭顱的相片嗎？」

「對，但不僅如此，史郎是……」

男人欲言又止，囁囁其詞。

「親愛的，」我抬頭凝視著男人，勾住他的頸項。「史郎怎麼樣？告訴我你的發現。既然逃不過一死，我想知道眞相。我不希望死不瞑目。」

「音禰，不要老把死掛在嘴邊，滿口洩氣話。直到最後一刻我們都要抱持希望。」

他親吻我的耳根後繼續道：

「音禰，妳曉得男人……好比法然和尚之類，有時會愛上別的男人……像史郎這種容貌俊俏的少年嗎？而且他們會發生肉體關係……」

一股電擊般的寒顫瞬間流竄我全身。那是帶著強烈憤怒和嫌惡的顫抖。

即便我是個單純得像張白紙的大家閨秀，在戰後受教育的我，當然明白男、女同志和同性戀是怎麼回事。

戰後混亂的社會裡，男女性觀念開放，道德秩序淪喪，時而聽聞不少人墮落成傷風敗俗的同性戀者。

我也清楚這並非始於今日，早在遠古時代便已存在。不僅舊約聖經中有所記載，在日本戰國時代的武將與僧侶之間也視爲理所當然。

我這才明白當時由香利話中的意思。

「方丈，那女人可是你的情敵。」

當下，一陣羞憤再度貫穿我的身體。

固然這次事件的關係者大多讓人感到卑鄙齷齪，卻不曾引起我的厭惡。我把頭埋進男人的胸膛，渾身因羞恥與屈辱而戰慄不已。

「原來妳知道啊。」

男人輕柔地撫摸我的背。

「這是違背倫常的行爲。一旦陷入同性相愛的煉獄，就和沉迷毒品沒兩樣，終將萬劫不復。同性戀和異性戀的差別在於，選擇對象的範圍受限。就算對方有斷袖之癖，但能否享受同性相愛的歡愉而不厭倦，便難以掌握。不管法然和尚原本就有這種傾向，或是受史郎誘惑，總之，他從此對史郎言聽計從，百依百順。」

「那麼，史郎由法然和尚口中探得必要情報後，便立刻前往東京，一走了之嘍？」

「沒錯。法然和尚是三首塔的住持，當然掌握許多內幕，少說也認識幾個佐竹家的成員，好比可能自雜誌封面得知島原明美這號人物。」

現下，史郎已重回三首塔。若他再度撩起法然和尚的慾念，使其對他唯命是從，我倆便只剩死路一條。

告訴身旁的男人我的想法，他卻溫柔地鼓勵我：

「音禰，像妳這樣凡事往壞處想，未免太悲觀。現下，我忽然明白史郎帶鬼頭庄七來這裡的理由。」

「是什麼？」

「史郎不想讓法然和尚知曉他和由香利的關係。爲了掩飾，鬼頭庄七必須在場。因既然由香利是鬼頭庄七的情婦，按理就不可能與史郎有任何曖昧。」

「所以呢？」

「一旦眞相曝光，法然和尚發覺兩人的關係時，會有何反應？與史郎會產生怎樣的嫌隙？這麼一想，我們就算撐到最後一刻，也該抱著希望，等待脫逃的機會。」

儘管男人的話只是要安慰我、鼓勵我，不過，這些對我都不重要。

假使能一起獲救，然後結婚並繼承龐大的遺產，自然是最好不過。但若能和他一起死在這口井底，我也毫無怨尤。我只想與他永遠在一塊，與他同生死便是我無上的幸福。

「親愛的，」突如其來的慾火席捲我全身，「抱我，用力抱我……」

「沒問題。」

男人關掉手電筒，在黑暗中緊緊抱住我……於是，我們在漆黑的地底下展開一段詭異的情愛生活。

男人原本期待的救援始終沒出現，我們逐漸懷疑起自己能否生還。這種絕望氣餒的情緒，加上身處異常的環境，使得我們喪失羞恥心及道德感，只想趁活著的時候，盡情品嘗愛情的甜蜜。幽暗中，我們像飢渴的野獸般交疊糾纏。

不過，即使深陷絕境，這男人依然保持理性。他不忘轉動手表的齒輪，每經過一個晝夜，就在黏土牆面上畫一條線。當牆面上出現三條線時，我們早已飢餓難耐。

起初，我們吃井底的青苔果腹，接著將誤闖井底的小蟹壓碎分食。可是，這些根本無法填飽肚子。這種情況究竟會持續多久？

「音禰，人類很少餓死的。我讀過一個埋在地底長達二十七天的男子獲救重生的紀錄。維持生存的必要元素不是食物，而是空氣和水。幸好這裡的水和空氣都很充裕。」

男人繼續道：

「萬一被逼到生死關頭，我就算割身上的肉，也會讓妳有東西吃。」

「別說了……」

他的深情讓我滿心歡喜。

「親愛的，抱著我，用你的身體溫暖我。」

「嗯，好。」

不可思議的是，飢餓居然沒澆熄我們熱情。

當黏土牆面又多四條線之際，詭異的突發事件降臨在我們身旁。

救星

經過七天的斷糧和無度的縱慾生活，我筋疲力竭，全身彷彿被榨乾的檸檬。

我甚至感覺不到飢餓引起的劇烈胃痛，在極度倦怠中成天恍惚。不過，男人始終在耳邊輕聲安撫我，鼓勵我。男人也很難受，卻仍打起精神與我交談，有時還會搓揉我的手腳幫忙取暖。

儘管時值二月，但井底不太寒冷，我們得以倖免於凍死。然而，隨著飢餓感加深，我凍得像冰塊一樣。男人十分有耐性地爲我摩擦四肢，直到體溫恢復正常。

記得那時候，男人按摩著我的腳，意識逐漸模糊之際，遠處忽然傳來一陣慘叫。正懷疑是夢境時，地面又發出砰然巨響。

「親愛的，發生什麼事？」

「音禰，別說話，好像有人掉下來。」

男人步履蹣跚地離開窟窿，仰頭呼叫。可是井口早已蓋上，根本毫無反應。

「音禰，手電筒呢？」

「在這裡。」

他打開最近鮮少使用的手電筒，抓住對方的頭髮查看長相，有氣無力地脫口低叫。

「親愛的，是誰？」

「鬼頭庄七……」

「天哪。」

我搖搖晃晃地想起身，他隨即開口阻止：

「音禰，別過來。鬼頭已被殺死。」

「殺死？」

「對，他背上插著一把匕首。」

「親愛的，他流很多血嗎？」

我提了個窮極無聊的疑問。當時半夢半醒的我，尚未清楚意識到有人慘遭殺害。

「幸好沒流太多血。匕首暫且不拔，萬一噴血可不妙。不過，音禰。」

「嗯？」

「看來果真如我所料，他們開始起內鬨。雖然目前無法得知殺害鬼頭的是法然和尚，抑或史郎和由香利這對情侶。」

由於一段時間沒碰上突發狀況，男人的話聲帶著幾許亢奮。可我卻不怎麼在意，聽在耳裡他彷彿哼唱著搖籃曲，我不禁昏昏沉沉地進入夢鄉。

此時，男人忽然欣喜若狂地高喊：

「音禰，振作點。有食物喔，鬼頭庄七拿飯團來給我們吃。」

雖然此事至今仍是未解之謎，不過，當時鬼頭庄七確實揹著六個如嬰兒腦袋大小的竹葉飯糰。

鬼頭庄七大概是從同伴之間的矛盾，察覺自身安危受到威脅，於是決定逃跑。敬三也提過，鬼頭庄七空有凶狠的外表，骨子裡卻是膽小鬼。豈料事跡敗露，反倒引來殺身之禍。至於是誰下的手，迄今尚未查明。

不過，從匕首上找不到指紋的情形研判，兇手相當小心謹慎，所以除古坂史郎外，不做第二人想。

假如先在別處殺死鬼頭，再把屍體拖至井口，就絕不可能獨力完成，因爲鬼頭庄七的塊頭足足比一般人大上一倍。姑且不論有幾名共犯，既然他們都曉得這口空井，或許是史郎和由香利聯手，甚至連法然和尚也插上一腳。

總之，鬼頭庄七身上的飯糰及時填飽我們的肚子。可是，我當下完全沒食欲。

聽我這麼說，他立刻斥責道：

「笨蛋，怎能如此怯弱？長時間沒進食，忽然吃飯糰，腸胃可能會受不了。沒關係，我幫妳。」

只見男人咬一口飯糰，咀嚼成糜後，一點一點送進我嘴裡。

「哈，我不小心吞下去。」

男人邊說笑邊扶著我的臉，口對口地餵我。透過微弱的燈光，看見他久違的容顏時，我不禁潸然淚下。

「親愛的，我飽了。」

「嗯，一下吃太多也不好。」

「你快吃吧。」

「喔，我也來嘗嘗。」

七天沒進食的男人面色憔悴，臉上也布滿鬍鬚。但那戲謔的眼神依舊閃閃發亮，和從前一模一樣。

「親愛的，我們一定能夠獲救，對不對？」

「嗯。有這些飯團，至少能再撐三、四天。但音禰，妳可要自制，別吃太多。哈哈哈。」

「親愛的，吃完就關掉手電筒吧，然後到這兒握緊我的手。」

「唔，好。」

託鬼頭庄七的飯團之福，我們恢復一些元氣。

鬼頭庄七不僅解除我們飢餓的危機，還引領救星前來拯救我們。

就在黏土牆面上又增加三條線的這天，握著我的手躺在身旁的敬三忽然彈起，迅速從窟窿爬出井底。

「怎麼？」

「有光線，井蓋開了！」

男人那雙已習慣黑暗的眼，敏感偵測到些微光線。

「喂！」

男人用盡全力大喊。

「音彌，手電筒。」

多虧吃下飯團補充能量，我終於有力氣踅出窟窿。男人揮動著點亮的手電筒，井口傳來話聲：

「有人在下面嗎？」

「………………」

「是誰？」

「一男一女。」

沉默片刻後，對方問道：

「女的是宮本音彌嗎？」

「沒錯，請問你是？」

「我是金田一耕助。」

霎那間，淚水濡濕我的臉頰。爲何聽見金田一耕助的名字，就不禁淚流滿面？或許是敬三的預言逐一應驗，讓我感動不已。總之，我只是一個勁地哭個不停。

「你又是誰？」

金田一耕助在井口發問。

「堀井敬三。」

「哦，堀井敬三就是高頭五郎，也是高頭俊作。哈哈哈。」

一陣開懷大笑後，金田一耕助關切道：

「小姐，妳還好嗎？」

「嗯。」

「稍等一下，立刻救你們上來。」

金田一耕助消失在井口。

「親愛的。」

「音禰。」

我倆在井底緊緊相擁。

兩名絞刑師

接下來，我要描述一次離奇的遭遇。

至於有多離奇，只要讀完這篇手記就能明瞭。

回顧那時的情形，腦中固然會浮現各式各樣的場景。不過，記憶中最曖昧的，就是我從井底被救上來後，到返抵鷺之湯旅館間發生的一切。

得知金田一耕助前來營救，我和俊作相互擁抱的瞬間，綳緊的神經忽然放鬆，於是當場昏厥，腦袋一片空白。至於如何從井底脫困，又如何回到鷺之湯旅館等經過，我毫無印象。現下我要說的，是在這段記憶空窗期中殘存的怪事。

我不清楚當時身在何處，只曉得自己躺在戶外，天上的星星閃閃發亮。四周並非漆黑一片，覆蓋著薄紗般的朦朧光影中，黑色三首塔的塔頂陡簷犀利地斜亙在夜空裡。

當時我似乎躺在泥土地上，卻一點也不覺得寒冷。而到底是因爲我全身裹著毛毯，還是因爲精神處於不正常的狀態？恐怕兩者皆有吧。

我隱約記得，那時候塔簷四角上的銅鈴發出昏矇聲響，四周應多少吹著微風。不過，大概是意識恍惚的緣故，我的臉頰沒感到一絲涼意。

我附近有座宛若圓形小碉堡的隆起土丘。雖未特意轉頭確認，但不知怎地，就是曉得身旁有個奇異的小丘堡。而小丘堡上那對著我的黑色拱型入口，尤其讓我感到不自在。

從剛才我就暗暗擔心，該不會有東西……比如妖魔鬼怪之類的竄出那漆黑洞口。我愈深思愈害怕，掌心直冒汗。腦中瞬間閃過一個念頭，我只想趕快逃離，向外求援。

果不其然，從小丘堡裡爬出一抹黑影，另一抹黑影緊接在後。兩道黑影無聲無息地貼近我的左右，低頭俯視著我。

彷彿一雙冰凍的手忽然擰住心臟，我不停打著寒顫。這兩道黑影竟是古坂史郎和佐竹由香利。

究竟怎麼回事？兩人渾身泥濘，宛如戴著泥面具，整張臉變成黃褐色，就連每根睫毛都覆蓋著紅褐泥巴，唯有瞳眸閃爍著不尋常的光芒。

見我張開眼睛，兩人便交換視線，咧嘴奸笑。我從未看過如此驚悚邪惡的表情。

我不禁打了個寒顫。噢，原來古坂史郎和佐竹由香利藏匿在這種地方，且想趁四下無人之際，偷偷剷除我。我必須喊救命……儘管手腳不聽使喚，還是得抵抗到底。

然而，我全身彷彿遭五花大綁，根本動彈不得。

我的呼吸急促如狂瀾，心臟猛烈衝撞胸口，汗水瀑布般傾洩而下。可是，我不僅四肢無法自由活動，甚至連一聲都喊不出來。

古坂史郎和佐竹由香利低下戴黃褐面具的臉，愉快地看著身陷恐懼和痛苦中的我。兩人互使眼色後，由香利掏出一條細長強韌的繩子。

由香利雙手宛如戴著褐黃手套，將繩索套在我頸子上繞了一圈。

「史郎，抓好。」

她左手握著繩子的一端，然後將另一端伸到古坂史郎面前。由香利碰觸我頸脖的手寒涼如冰，至今我仍記憶猶新。

「幹嘛拖拖拉拉的。來，好好握著。」

由香利斥責猶豫的古坂史郎，口吻宛若絞刑師般冷酷。

我拚命掙扎著想逃離兩人的魔掌，身軀卻依然像遭五花大綁一樣僵硬。耳邊只聽得見急促的喘息聲，我嚇得說不出話。

史郎終於顫抖著抓住繩子的一端。他似乎戴著泥漿手套。

「怎麼搞的，你在發抖啊？眞沒用。哦，你仍對這女人念念不忘嗎？好傻，不管你有多迷戀她，她也不可能成爲你的人，因爲我不准。聽著，我喊一、二、三後，你就用力拉，而我也會用力拉這邊的繩子，懂嗎？」

「知道啦，別嘮叨個沒完。」

「呵呵，虛張聲勢也沒用，瞧你的手抖不停。好，開始。一、二……」

「啊，糟糕。由香利，好像來了一大群人。」

史郎連忙起身。吵雜的說話聲愈來愈近。

「可惡，算妳命大。」

由香利不情願地取下套在我頸脖上的繩子，捲成一團後塞回口袋。從粗糙的質感判斷，那應該是眞田繩（註）。

「史郎，你在磨蹭什麼？就那麼依依不捨嗎？」

「吵死了。看妳年紀小，還眞愛吃醋。」

「隨便你怎麼說。快過來，被發現可不妙。」

見由香利硬拉著史郎躲進那個漆黑的丘堡洞穴後，我再度昏厥。

朦朧中，我依稀感覺得到遠處有搖晃的燈光和嘈雜的交談聲逐漸接近，且其間摻混著熟悉的嗓音。

「哎，流這麼多汗，好可憐。一定是做了惡夢。」

那似乎是金田一耕助的話聲。

兩人的行蹤

據說，兩天後我才完全恢復意識。

處在混沌不明的狀態下，我隱約聽見熟悉的溫柔嗓音：

「眞可憐，變得如此憔悴……」

那是品子阿姨哽咽的話聲。難道我還在做夢？

「金田一先生，謝謝你。幸好你及時發現，否則這孩子早就和那男人餓死在井裡。哈哈哈，總算能鬆口氣大笑幾聲。」

這低沉富有磁性的笑聲，無疑是建彥舅舅。那麼，這便不是夢境，品子阿姨和建彥舅舅想必是接到金田一耕助的電報後火速趕來。不過上杉姨丈呢？

我想開口詢問，但筋疲力竭的倦怠感使我沒力氣出聲，甚至連眼睛都睜不開。他們三人的談話彷彿從遙遠彼方傳來。

「不，是音禰小姐福大命大。」

當時，金田一耕助的話聽在我耳裡宛若囈語。

原本在三首塔內進行地毯式搜查的金田一耕助，起先並未注意到那座空井，因井口鋪著一層破舊的薄草蓆座墊。

不過，既是爲供奉首級所建的塔，他自然特別留意主殿的狀況。經過無數次調查，他在座墊上發現一個米粒大的小汙點，懷疑可能是血跡，於是掀開座墊，這才發現井蓋。

恍惚中，我邊聽邊想。

註—以粗棉編織成的扁平繩子。

或許是殺害鬼頭庄七的兇手和共犯，移開座墊、掀起井蓋之際，曾將屍體暫放在地上。倘若金田一耕助眞是看到當時滴落的血而翻開座墊，我們可就太幸運了，否則任誰也料不到那裡竟會有座空井。

接著，建彥舅舅請教金田一耕助爲何前來黃昏村。對於這點，金田一耕助含混回答：

「這是搜查機密，現階段無可奉告。」

不過，我倒是很清楚。事情的發展與敬三的預測幾乎吻合，金田一耕助肯定是爲追捕嫌犯而來。不然，就算是大名鼎鼎的金田一耕助，也不會注意到這種窮鄉僻壤竟然有座三首塔。

原來兇手已潛進這個小村落！

意識模糊中，我絲毫沒感受到兇手近在身邊的恐怖。我處在蒙眼玩抓鬼般的迷茫狀態，聆聽三人交談。

「老夫人，」隔半晌，金田一耕助忽然問道：「上杉教授沒和你們一起來嗎？」

「誠也受某雜誌社邀請，到關西和九州進行爲期一週的巡迴演講。但我已拜託主辦單位轉告他，稍後他就會趕到。另外，金田一先生。」

品子阿姨有所顧忌地低語：

「聽說在那邊接受等等力警官偵訊的，就是和音禰在一起的男人。眞是如此嗎？建彥說在黑川律師的事務所見過他……」

「哦，原來是他，哈哈哈。」

金田一耕助爽朗笑道：

「那個人相當風趣，表面上自稱堀井敬三，和我一樣從事徵信調查的工作，因此和黑川律師有業務上的往來。但這些都只是表象，其實私底下他是個黑市貿易商，使用不同的假名，藏匿在不同的處所。」

「哎呀。」品子阿姨怯怯地問：「音禰怎會認識這種人？」

「老夫人，我話還沒完。在非法買賣業者的外衣下，他還有個意想不到的身分。」

「意想不到的身分？」

「兩位可別嚇到，他就是玄藏老先生屬意與音禰小姐結婚、繼承百億遺產的高頭俊作。」

「什麼！」

品子阿姨和建彥舅舅異口同聲地驚叫，幾乎同一瞬間，走廊上傳來低沉的哀鳴。

「是誰？」

金田一耕助語尾未落，拉門隨即被推開。

「上杉教授，您剛到嗎？」

啊，姨丈來了。他一定是擔心我，特別從巡迴演講的地方抽身。我得打個招呼。雖然內心這麼惦記著，我卻沒力氣坐起。只能滿懷愧疚，昏昏沉沉地躺在床上傾聽他們的對話。

一番寒暄後，建彥舅舅激動地說：

「姊夫，方才金田一先生告訴我們一件意外的事。」

「意外的事？」

姨丈的語氣出奇地平靜。剛剛在走廊上，他應該已聽到金田一耕助的話。

「姊姊，現下最重要的是音禰的情況。她似乎憔悴許多。」

姨丈特別的關注固然令我感到欣喜，不過我不明白，他爲何對堀井敬三的事不聞不問？我不由得一陣心酸。

「嗯。健康沒什麼大礙，醫生說很快就會恢復意識。」

「不過，沿途我聽到不少音禰和男人在一起的傳言？」

「姊夫，就是這件事。」

建彥舅舅的話聲掩不住興奮。

「眞是世事難料。依金田一先生所言，那男人居然是音禰的未婚夫高頭俊作。」

姨丈沉默半晌，語帶不屑地應道：

「怎麼可能，高頭俊作不是已在國際飯店遇害身亡？」

「教授，那是冒牌貨，死者是俊作的堂弟高頭五郎。這是五郎的父親，也就是俊作的叔叔的陰謀詭計，從小就對調他們的身分。」

「是那男人說的嗎？」

「不，這是經過我調查釐清的結果。但遺憾的是，至今沒有明確的證據。對於這一點，我也很傷腦筋。」

「金田一先生，缺乏證據的事你居然信口胡謅……這關係著音禰的幸福啊。」

我彷彿看得見姨丈的愁眉苦臉。姨丈會懷疑亦是無可厚非，我卻感到很傷心。

「不過，上杉教授，我們仍有一線希望。聽說三首塔內，藏有一件可證明高頭俊作身分的物品。這大概也是那男人和音禰小姐前來此地的原因。」

大夥陷入一片沉默，品子阿姨忽然問道：

「誠也，你離開東京時帶在身上的菸盒呢？」

「我不小心弄丟了。」

上杉姨丈「喀」地一聲打開新菸盒。

「金田一先生，你提到的物品是指？」

「我還不清楚，因爲那男人口風很緊。啊，警官，偵訊情形如何？」

「上杉教授，歡迎。」

等等力警官的話聲響起。

「不太順利。那傢伙身體仍十分虛弱，不能逼得太緊。反正人已抓到，再慢慢追查就好。」

「那麼，古坂史郎和佐竹由香利的下落呢？」

「這是目前最棘手的部分。鬼頭庄七遭棄屍空井時，兩人應該就在附近。五天前，我徹查過這一帶的各種交通運輸網絡，駕駛都表示不曾看見類似他倆的乘客，所以大概仍躲在不遠處，只是尚無法掌握藏身地……而那個叫法然的和尚也不知去向……」

「啊，我知道史郎和由香利躲在哪裡。」我在心中高喊著，但很快又茫茫陷入昏睡。

眞田繩

直到午夜時分，我才眞正的清醒。這天晚上鷺之湯旅館內發生的騷亂，不僅促使我清醒，也支撐著我脆弱的心靈，讓我迅速復原。

深夜，我在一股詭異的氣氛中睜開眼睛，赫然發現室內燈火通明，窗外人聲鼎沸，耳邊傳來紛至雜沓的腳步聲。

大概是出事了。我撐著沉重的眼皮勉強抬起頭，只見品子阿姨、上杉姨丈和建彥舅舅在廊上交談。三人都穿著睡衣，品子阿姨則多披一件短袍。

「姊夫、姊姊、音禰，你們還好吧？」

建彥舅舅低聲關切。

「嗯，似乎沒過來這邊……建彥，是不是那個古坂史郎偷偷潛入？」

品子阿姨顫聲問道。

「好像是。後門和雨窗各有一扇被打開，泥地上也殘留踩踏過的足跡。」

「我隱約瞥見一道身影閃過，不曉得是不是那個人。我剛如廁回來，就發生這場亂騰騰的騷動。早知道我當時就上前查看。」

換姨丈出聲。

「別輕易涉險，要是你有個萬一怎麼辦？」

品子阿姨語帶責備。

「建彥，那個人似乎慘遭勒脖？」

乍聽這消息，我不禁從床上坐起，但三人都沒注意到。

「姊姊，雖然當時一片漆黑，不過那男人驚醒後奮力掙扎，加上很快有人發現異狀，因此歹徒沒得逞就直接逃跑。只是勒痕相當深……不管怎樣，那男人已十天沒吃東西，身體仍非常虛弱。」

我搖搖擺擺地下床時，三人不約而同地轉過頭。

「音禰，妳醒啦。」

「姨丈、阿姨，對不起。那個人在哪裡？」

「音禰，妳不能去找他，留在房內好好休息。」

「不，姨丈，請讓我過去。我想照顧他。」

「音禰，那男的究竟是妳什麼人？」

姨丈發狂似的眼神異於尋常，令人不顫而慄。不過我毫無畏懼地直視著姨丈回答：

「他是我的丈夫。」

「什麼！」

「姨丈，請原諒我。」

「音禰，妳再說一遍，誰准許妳……准許妳和那種男人……」

盛怒之下的姨丈帶著一股絕望，目眥盡裂，迥異於平日豁達開朗的模樣，教我怵目驚心。然而，我非去不可。

「姨丈，對不起，拜託你讓我走。我必須照料我的丈夫。」

「音禰，我、我……」

原本震懾於姨丈激動的言行，只難以置信地望著我們的建彥舅舅，趕忙從背後抱住姨丈。

「姊夫，你是怎麼啦？吵得這麼大聲，驚動旅館的人可不妙。音禰，妳也眞是的，身體不是還很虛弱嗎？」

「嗯，但不要緊。阿姨，麻煩替我向姨丈道歉。」

從他們身邊離開時，品子阿姨把旅館的短袍披在我身上，語帶哽咽地叮嚀：

「音禰，穿著吧。小心別感冒。」

「阿姨，抱歉。請好好照顧姨丈。」

我踩著搖晃不穩的腳步往走廊前進。

「音禰，妳非走不可嗎？妳就這樣棄我們而去……」

姨丈的吼聲從背後追上來，不知爲何竟充滿絕望與傷悲。

我很快就知道敬三的房間在哪裡。房內燈火通明，四、五名服務員聚在拉門外的廊上交談。一打開拉門就能看見躺在床上休息的男人，而金田一耕助、等等力警官、一位當地醫師及旅館老闆則圍坐在他身邊。稍後得知，原來是他們幫男人急救，他才能恢復正常呼吸。

「啊，音禰小姐。」

男人隨金田一耕助的話聲緩緩抬頭。見他遠比想像中有精神，我忍不住喜極而泣。

「親愛的。」

我蹣跚地走過去緊抓著他。

「音禰。」

男人將我抱進懷裡，毫不避諱周遭目光地親吻我。我伏在他胸前嗚咽啜泣。

「音禰，沒什麼好哭的。瞧，我挺健康的。倒是妳的身體狀況如何？」

「我沒大礙，再兩、三天就能完全恢復。」

「妳要不要搬過來？我們可以互相照顧。我片刻都不想離開妳。」

「我也是。」

我凝視著男人的傷處，只見脖子上嵌著青紫色的勒痕，周圍全磨破皮。

「天哪，眞過分。」

「嗯，差點命喪黃泉。若是平常，我非但不會輸，還能順勢制服歹徒。可惜現下太虛弱，餓著肚子是無法戰鬥的，哈哈哈。音禰，快從我膝上下來吧，大家都在看。」

「好。」

面紅耳赤地離開男人後，我不經意瞥見等等力警官拿在手上把玩的繩子。

「咦？」

我不禁睜大眼睛，那不是眞田繩嗎？

「音禰小姐，妳看過這條繩子嗎？」

等等力警官傾身向前，好奇地問。

咦，那是一場夢？是幻影？還是現實？不過，依當時纏繞在脖子上的觸感，確實是眞田繩。

於是，我向大家描述那夢境般的經歷，等等力警官和金田一耕助隨即緊張起來。

「老闆，三首塔旁邊有碉堡之類的東西嗎？」

旅館老闆轉頭回答：

「可能是燒木炭的土窯吧，法然和尚都自己生火。」

「不過，」金田一耕助的神情半信半疑，「我還記得，當時救出音禰小姐後，便立刻著手營救俊作先生。這段期間我們讓音禰小姐躺在三首塔的主殿，沒印象單獨留她在外頭啊。」

金田一耕助說完，忽然靈光一閃。

「對了，將兩人抬出三首塔時，由於其中一具臨時組裝的擔架突然故障，便暫時把音禰小姐的擔架放在地上。這麼一想，確實有個類似小碉堡的東西。」

金田一耕助興奮得拚命搔抓那頭亂髮。

「修理擔架大概耗費五分鐘左右，不過我們人數眾多，加上音禰小姐又失去意識……音禰小姐，妳看過很像碉堡的燒炭窯嗎？」

「沒有，所以根本不曉得那是燒炭窯。」

「奇怪，按照常理，不可能夢見沒看過的東西。音禰小姐，妳確定當時套在脖子上的觸感是眞田繩？」

我撫摸等等力警官手中的繩子。

「對，沒錯。和這條一樣。」

「然後，妳瞧見史郎和由香利全身泥濘？」

金田一耕助和等等力警官不停在我與繩子間打量。而後，兩人不發一語，面面相覷。

我忽然感到一陣毛骨悚然，忍不住靠近男人身旁。

恢復期

我們原本身體就很健康。

由於是飢餓斷食導致身體衰弱而非病倒，我們聽從醫師的囑咐，先喝米湯，再吃粥，然後才吃飯，如此循序漸進，直到恢復正常飲食。因此兩人很快就回復往日的活力。

三天後，我們就能到鷺之湯的庭院散步，五天後則幾乎完全康復。不、不，我不再像以前那樣懷疑敬三，心中的不安一掃而空，顯得格外朝氣蓬勃、青春洋溢。

「音禰，怎麼啦？妳似乎變得更漂亮，簡直像顆晶鑽，璀璨動人。」

近來男人在讚美我後，經常感慨萬千地長嘆口氣，仔細端詳我全身。

「因爲我不需要擔心任何事，一切憂愁苦悶都已棄置在那座井裡。」

話雖如此，我的煩惱依舊沒消除，主要是姨丈的怒氣遠遠超出我的想像。姨丈、品子阿姨和建彥舅舅仍待在鷺之湯旅館，不過我怕惹姨丈不快，便盡量遠離他們。僅偶爾趁姨丈外出時，前去向品子阿姨請安問好。然而，品子阿姨往往一味流淚啜泣，對敬三的事情不聞不問，置之不理。

我深信，只要能證明這男人就是眞正的高頭俊作，姨丈和品子阿姨便會原諒我們、成全我們。因此，當務之急，就是盡快取得留有手印的卷軸。

「親愛的，你找過那卷軸了嗎？」

某天夜裡，我問男人。

「還沒，前些日子一直臥床休息，根本抽不出空。不過，這件事妳沒告訴別人吧？」

「可是，金田一先生不但知情，還跟姨丈及建彥舅舅提過。」

「音禰，」男人忽然一陣驚慌，「金田一先生曉得捲軸的事？」

「不，他不知道有那卷軸。可是，他認爲能證明你身分來歷的證據，或許藏在塔內。」

「他把這推測告訴妳姨丈和舅舅？」男人顯得極度不安，「音禰，妳要不要緊？」

「什麼？」

「妳應該有體力外出吧？我打算明天就前往三首塔，妳會幫我嗎？」

「當然。不過，你懷疑建彥舅舅嗎？」

男人並未回答。

然而，隔天我們卻因故無法成行。

隨著我們逐漸恢復健康，來自等等力警官和金田一耕助的訊問也日益增加。我們毫無保留地說明一切的來龍去脈，坦言在國際飯店初嘗禁果的原委時，連敬三也難得流露尷尬之色，而我早已羞愧得滿臉通紅。可是，我十分感謝等等力警官和金田一耕助嚴肅地聆聽我們的敘述。

另一方面，等等力警官和金田一耕助也竭盡全力搜索古坂史郎和佐竹由香利的下落，但兩人消失無蹤，法然和尚同樣不知去向。

我和男人相約前往三首塔的這天，一早就烏雲密布，每秒十公尺以上的強風在山巔谷底狂飆。儘管天候如此惡劣，我們仍不改行程。正要出門時，金田一耕助和等等力警官忽然現身。

「哦，兩位要外出啊？」

「我們想去散散步，順便活動筋骨。」

「那正好，有樣東西想請音禰小姐看看。」

「是什麼？」

「三首塔旁邊的燒炭窯。希望妳能親眼確認，夢中的小碉堡是不是這個窯？」

我和男人互看一眼，恰巧我們也要到三首塔。見男人點頭，我便隨口答應。此時，我根本無從得知竟會發生那樣驚心動魄的事。

5 CHAPTER

第五章

火燒三首塔

雖然不曉得我還能活多久，不過那慘絕人寰的光景，將變成難以抹滅的夢魘，永遠烙印在我腦海裡。

每當提筆時，只要憶起當時那陰風慘澹的景象，我就止不住顫抖。幸虧溫柔可靠的丈夫總帶著微笑從旁鼓勵，我才能順利完成這篇手記。

首先浮現眼前的是，晦暗暴風中那座不祥的三重塔。現下回想起來，當時三首塔正步向氣絕身亡的命運。狂風怒號、霧慘雲昏的天際間，彷彿響起魑魅碎骨的慘叫聲。

燒炭窯位在距三首塔一百公尺遠的山崖下方。只消一眼，我立刻認出這正是夢裡所見的那個小丘堡。全身泥濘的古坂史郎和佐竹由香利，就是從丘堡的拱型黑洞出現及消失。

我忍不住緊攀男人的手臂驚叫。初來乍到的我，卻在夢境中清楚看見這個燒炭窯，而三首塔也正好蓋在此處。

「音禰，振作點。妳確定在夢裡瞧見的就是此一燒炭窯嗎？」

「而且，古坂史郎和佐竹由香利還從這裡爬出來，企圖勒死妳卻沒成功，便又爬回去是嗎？」

金田一耕助和等等力警官互看一眼後，顫聲問道。

「是、是的。」

「不過，金田一先生，你打算如何處理？」

男人緊抱著我的手臂，好奇地東張西望。拿著鐵鍬和鶴嘴鋤的警員和便衣刑警，神情肅穆地拆除土窯。不遠處，上杉姨丈和建彥舅舅混在圍觀的群眾中，疑惑地看著我們。

「高頭先生。」金田一耕助靦腆地騷弄滿頭亂髮回答：

「現下起，我們成爲超自然主義和神祕主義的信仰者。既然音禰小姐夢見古坂史郎和佐竹由香利從此一窯洞現身，我們便得思考是否眞有超越現代科學領域的超自然現象。所以，我們必須敲破土窯，挖開地面探勘。各位，開始吧。」

雖不完全明白這席話的意思，不寒而慄的感覺卻一波接著一波自我脊背竄升。

「親愛的……親愛的……」

「音禰，振作點。有我在，沒事的。」

男人從背後牢牢抱住我，目不轉睛地盯著警方開挖。我雖然不想看，眼神仍不自主地飄過去，彷彿有股強大的磁力吸引著我。

禁不住鶴嘴鋤的敲擊，黏土堆砌而成的窯潰如碎葉。在狂風席捲下，漫天飛舞的粉塵紛紛落至頭頂，男人摟著我的肩膀後退五、六步。

風聲愈來愈淒厲，三首塔彷彿搖搖欲墜，發出臨終前的哀號。環繞三首塔的丘林間，朽葉落盡的樹梢恍若女人的亂髮，在風中四散飄揚，颯颯作響。

不一會兒，燒炭窯完全剷開，員警接著以鐵鍬掘土。站在旁邊監工的金田一耕助，一頭蓬髮彷彿倒立的魔物般搖晃飄動。

「啊，有了！」

一名員警忽然大叫，單腳跪地。

「小心，別受傷。」

「啊，這邊也有！」

另一名員警也嚷嚷著拋下鐵鍬，雙膝著地。其他員警和便衣刑警紛紛丟下手中的工具，聚集到兩人身旁，徒手扒開泥地。

究竟怎麼回事？他們打算挖出什麼？

由於警方的人牆遮擋視線，從我們的角度根本看不清情況。不過，男人似乎已心裡有底。

「音禰，打起精神。我在妳身邊，沒問題的。」

「唔，親愛的……」

我牙齒喀喀作響，直打哆嗦。陣陣顫慄竄過背脊，我猶如森林裡光禿的樹枝，搖搖晃晃地偎在男人懷中。

「親愛的，抱緊我。」

「嗯，好。」

不久，傳出一片驚恐的怒罵聲，員警拉出某東西。

「音禰小姐，抱歉讓妳受驚。麻煩妳來看一下。」

金田一耕助的話尾剛落，人牆便自動讓開，兩具覆滿赤褐色黏土的屍體映入眼簾。

兩具屍體全身泥濘，連容貌都難以認清，卻和當晚的古坂史郎與佐竹由香利幾乎一模一樣。

噢，原來如此。

臉孔塗滿黃褐漿泥，連每根睫毛上都沾滿泥水，唯有雙眼閃閃發亮。然後，四隻手分別抓著眞田繩的兩端，從左右兩側勒住我的脖子……

「音禰，振作點。有我在絕對沒問題。」

男人的話聲彷彿離我非常遙遠。他用力搖晃我的身體，我才總算回過神。此時，等等力警官惶惶無措地低語：

「金田一先生，兩人頸部似乎都有眞田繩的勒痕。」

「親愛的、親愛的。」

我蜷縮在男人懷裡慘叫。

「他們是在我夢醒後遇害的，還是……還是我遭鬼魂襲擊？」

「音禰小姐，看來是後面這種情況。」

金田一耕助認眞的語氣嚇得我差點昏厥。

「不要，不要！太恐怖了……不要！不要！」

我一頭埋進男人胸膛，孩子氣地猛搖頭。然而，一名員警的報告引起我的注意。

「警官，我們挖到一個菸盒。不曉得是被害人的，還是兇手的。」

菸盒？

最近好像在什麼地方聽過類似的字眼，我不經意地抬頭，瞥見員警手上的物品。

「咦，那不是上杉姨丈的……」

男人連忙捂住我的嘴巴，可惜爲時已晚。

金田一耕助、等等力警官和在場其餘員警，不約而同地望向站在後方的上杉姨丈。

起初，上杉姨丈只是錯愕地蹙眉，但隨即注意到員警手中的菸盒。

姨丈當下的神情，大概會永生永世烙印在我腦海裡。

霎時，他怒髮衝冠，表情益發陰沉凶狠，一向豁達開朗的慈祥面貌，忽然變成惡鬼般猙獰，接著便轉身衝向三首塔。

「抓住他，別讓他逃走。」

等等力警官氣急敗壞地大喊。

不過，待建彥舅舅與圍觀群眾察覺異狀時，姨丈早已跑遠。

「可惡！混帳！」

我目送等等力警官和眾員警在狂風中奔馳的背影，癱軟在男人懷裡。風愈吹愈烈，秒速幾乎快超過十五公尺。

「親愛的，這是什麼情況？上杉姨丈怎麼啦？」

「音禰，振作點。不要多想。」

「姨丈的菸盒怎會在那種地方？」

「所以妳別……啊！」

男人突然驚叫，於是我慌忙抬頭。只見暴風中，披頭散髮的上杉姨丈奮力奔向三首塔。

「音禰，放開我！三首塔裡有我的根源……我的一生……」

「親愛的，我也要去。別丟下我。」

強風中，我蹣跚地跟著男人拚命狂奔，深覺一切已失序。

從土窯中挖出的兩具泥濘屍首，憑空出現的菸盒，忽然變成凶神惡煞的上杉姨丈，滿嘴咒罵的等等力警官和員警……

如同這天的天氣，我的腦袋一團混沌，理不出一連串事件的頭緒。我只曉得，那座塔關係著愛人的命運。

晚姨丈一步抵達三首塔的等等力警官一行，被擋在厚重的橡木大門外。在一陣怒吼及斥責聲中，員警向前猛撞，門卻文風不動，想必姨丈已從屋內上閂。

「快拿鶴嘴鋤過來。」

等等力警官話尾未落，兩、三名員警立刻轉身往回衝，與我們擦肩而過時，跑在前頭的敬三發出悲痛的哀鳴。

抬頭一看，只見我們的希望噩夢般地分崩瓦解。

三首塔內冒出陣陣濃煙。

對了，這座塔沒有電源，一切照明皆使用最原始的煤油燈、蠟燭或菜籽油。

我彷彿聞到濃烈的汽油味。剎那間，火舌從煙霧中竄出，熊熊燃燒。

擠在大門口的員警一見火苗延燒，便哄然大喊，向後退散。當鶴嘴鋤送來時，已無濟於事，火勢在狂風的助長下迅速蔓延整座三首塔。

「畜、畜牲！」

忽然間，如洩氣的皮球般愣住的男人，咬牙切齒地一吼，便要衝進三首塔。我急忙拉住他喊道：

「親愛的，冷靜點。」

「放手，音禰。我的人生……我所有的人生……」

「不行，親愛的。」

「放手、放手，音禰！」

失去理智的男人，彷若惡神阿修羅似地咆哮。我緊緊抓著男人的手臂，像塊破布般搖搖晃晃。

「冷靜點，高頭先生，不，俊作先生。」

一頭亂髮的金田一耕助走到我身旁，拉住男人勸道：

「你忘記我是金田一耕助嗎？」

「啊？」

「以爲你多少曉得我的能耐，看來似乎不然。」

望著自信滿滿的金田一耕助，男人眼中掠過一線希望。

「金田一先生，難道……」

「高頭先生，先聽我說。」

金田一耕助的態度和口吻不見一絲高傲或誇張，只淡淡解釋：

「我悄悄跟蹤剛才放火的犯人，順利覓得三首塔的所在。而找到那口空井前，我徹底搜查過整座樓塔。不知是幸或不幸，竟無人妨礙或阻擋我的調查。你認爲我會忽略如此重要的證據嗎？」

「金田一先生！」

男人當場一跪。我也搭著男人的肩，一起跪下。

「我終於明白你……你們尋求的是什麼東西。不過，高頭俊作先生。」

「是。」

「此事等等力警官最清楚，我若沒十足把握，絕不會妄下定論。既然我稱呼你爲高頭俊作，表示我已確知你的眞實身分。說來失禮，從空井救出你時，我曾趁你昏迷偷偷採指紋。我對指紋鑑定很在行的。」

「先生！金田一先生！」

男人伏地深深行禮，淚如雨下。

狂風中，一頭飛舞的亂髮、衣袖褲襬不停飄動卻屹立不搖的瘦弱身影，竟是如此偉大，背後彷彿散發著崇高的光芒。

「金田一先生，眞是太感激您了。」

我也伏地行禮，誠心致謝。

此時，三首塔發出劈劈啪啪的巨大聲響，宛若金粉飄散般火花四散，瞬間葬身火海。

「啊，一切終於結束。兇手選擇與三首塔一同化爲灰燼，再也不會發生喋血命案。」

在金田一耕助的喃喃聲中，我倆相互擁抱。大夥站在強風中凝望著燃燒崩毀的三首塔，久久不能自己。

大團圓

噢，這是多麼悠閒輕鬆的日子。沒想到曾在腥風血雨中奮勇作戰、喘息受苦的我，也能盼到如此清靜安適的生活。

現下，我在可俯瞰湘南海岸的溫暖房間裡，繼續撰寫這份手記。親愛的丈夫輕鬆倚在我身旁的沙發上安靜閱讀。我們不時眉目傳情，交換幸福的笑容。

玄藏老先生在大海的彼岸過世，我們正在辦理龐大遺產的繼承手續。我們請黑川律師夫婦當介紹人完成婚禮，而位在熱海的這幢宅邸也是靠黑川律師的幫忙才購得。

偶爾，建彥舅舅和笠原薰會聯袂來訪。談及兩人近期即將結婚，我立刻表示等處理完繼承事宜就能去幫忙。不過，建彥舅舅卻笑著要我們不用操心。

目前我們最關心的，就是如何安慰悲傷的品子阿姨。她離開東京的寓所，遷居鎌倉休養。由於她對姨丈深信不疑，無法承受如此重大的打擊，時時刻刻陷在痛苦的深淵。每次前去探望，我們都希望能接她回家，但她總是婉拒。不過我相信，品子阿姨總有一天會接受我們的誠意，搬來共享天倫。

人心眞是難以捉摸。沒想到上杉姨丈竟然深愛著我，且和丈夫對我的愛一樣，是男女之情。

「沒錯，這份情感正是一連串悲劇的源頭。」

金田一耕助嚴肅地解釋案情。

「上杉教授大概想把音禰小姐永遠留在身邊，於是先動手殺害音禰小姐的丈夫人選高頭俊作……其實是高頭五郎。可是，他又惋惜音禰小姐因此喪失繼承權。他不是爲了自身的物質欲望，而是眞心爲摯愛的音禰小姐感到遺憾。後來，在遺書全文的公開說明會上，他由志賀雷藏與鬼頭庄七的發言中獲得靈感，認爲只要減少繼承人，音禰小姐分得的金額便會相對增加。所以，他開始策動一連串的恐怖謀殺計畫。這應該是他對音禰小姐所做的補償吧。」

「這麼說，上杉教授在壽宴當晚就曉得笠原操是佐竹家的成員嘍？」

金田一耕助回答我丈夫：

「這是個好問題。正因笠原操是佐竹家的成員，造成我們判斷上的盲點，以致上杉教授始終沒浮上檯面。我認爲上杉教授不可能預先得知此事。」

「這又是爲什麼？」

「高頭先生，將一切合理化看待是件好事，現實中也不得不這麼做。但要明白，世上常會發生不可思議的巧合。當晚笠原姊妹出現在壽宴絕非湊巧，亦非偶然，佐竹建彥是特意邀請同是佐竹家成員的兩人來表演的。然而，若上杉教授走出五郎遇害的房間時，不巧遇見路過的笠原操，那麼，不管她的身分爲何，都是絕不能留下的目擊證人。只不過她剛好是佐竹家的一分子，反倒轉移了辦案人員的注意，讓上杉教授處於有利的局面。」

「原來如此。」

俊作似乎百感交集，我也深有所感。

現下看來，笠原操其實是第三名死者，卻是我目睹的第一個犧牲者。從此，我便在一連串血腥謀殺案中疲於奔命。

即使已身處安逸的環境，每每憶起當時的情形，我仍心有餘悸，甚至不寒而慄。儘管丈夫不斷鼓勵我，要我趕快忘掉這一切。

「金田一先生，殺害那個私家偵探的是誰？」

「上杉教授不曉得五郎的手臂上有那樣的刺青，認爲不需擔心外界會將被害人與他扯上關係，於是大膽行凶。而唯一知道內幕的私家偵探岩下，便因此慘遭滅口。」

透過金田一耕助的這番推理，所有謎團都獲得解答。

至於其他命案，除上杉姨丈外，完全找不到另一人行凶的證據。

好比公開第二封遺書後不久，島原明美遇刺身亡時，我的不在場證明遭警方嚴重質疑，卻無人將矛頭指向姨丈，在其餘凶案上也多是如此。

看過史郎旅行箱裡的照片、得知三首塔所在地的姨丈，在巡迴演講中安排兩天的空檔前往黃昏村，然後……然後……

唯一無法解釋的，就是我的惡夢。由於這場夢境成爲破案的關鍵，現下回想起來仍教我膽顫心驚。然而，我暗自決定不再追根究柢。

「沒想到世上還有邏輯與常識無法解釋的道理。」

連信奉理性主義的金田一耕助都不禁悵然，我們當然更難以理解。

在此附帶說明，大約十天後，警方在黃昏嶺深處尋獲法然和尚的屍體。他是自縊身亡的。而且，法然和尚的死亡時間甚至比古坂史郎和佐竹由香利晚。令人費解的是，法然和尚上吊的樹下散落著五、六片竹葉，和鬼頭庄七攜帶的飯團所使用的相同，上面還沾黏著許多飯粒。

誠如我丈夫高頭俊作在空井裡預測的一樣，古坂史郎、佐竹由香利，及法然和尚、鬼頭庄七這四人間，一定發生過血腥慘烈的嚴重內鬨。

先不論法然和尚是否參予殺害鬼頭庄七的行動，他似乎也想擺脫其餘成員，於是準備好充足的糧食便獨自逃往黃昏嶺。雖然在山裡安然度過一段時日，終究糧盡援絕，步上自縊一途。

或許這也是同性戀的苦果。

我自認已釐清案情的前因後果，但心中仍有個疑惑。當姨丈的菸盒出現在古坂史郎與佐竹由香利的葬身處時，俊作為何會阻止我開口？

「親愛的，我有事想問你。請不要隱瞞，老實告訴我。」

「什麼事？」

「你早就知道上杉姨丈是兇手嗎？」

俊作一言不發地望著我，卻發現我一臉執著，只好打開他專用的抽屜，拿出一個戒指盒。

「打開看看。」

我不以爲意地打開戒指盒，見裡面放著一枚鑲珍珠的鈕釦，不由得大吃一驚。那顯然是姨丈襯衫上的鈕釦。

「親愛的，這是？」

「音禰，某次關係者全員在黑川法律事務所聚會時，妳姨丈也在場，我不經意瞥見他襯衫上的鈕扣。不料，之後我在江戶川公寓裡，發現遇害的海倫根岸緊握著這枚鈕扣。我怕妳傷心，沒能說出口。想到妳是那麼敬愛姨丈，我不願糟蹋妳的孺慕之情。明白嗎？」

「親愛的、親愛的……」

我不禁雙眼一熱，淚流滿面。我竟然視如此善良的人爲壞蛋。

「音禰，靜下心仔細聽，我覺得這對妳很重要。」

「好。」

「姨丈殺害很多人，且直到在三首塔旁挖出菸盒前，他始終沒露出狐狸尾巴，所以社會大眾都認定姨丈是智慧型的犯罪者、萬惡的鬼才。不過，我不這麼以爲。」

「爲什麼？」

「我覺得，姨丈不過是見招拆招、隨機行事，只因他的身分地位和名聲的掩飾，加上許多巧合，才沒露出馬腳。例如，東京那幾起命案發生時，總有宮本音禰和來歷不明的黑市商人如影隨形，誤導檢調單位的辦案方向。當然，只有金田一先生例外，並未受到影響。像這枚鈕扣和菸盒就是最佳實例，姨丈想必在不少地方留下破綻。」

「你說得沒錯。姨丈外表看似嚴謹，卻總是糊裡糊塗的，常常忘東忘西而被阿姨責罵。」

俊作點點頭。

「我想也是。這種性格的姨丈竟會犯下種種駭人聽聞的命案，全是太愛妳的緣故。如同金田一先生所言，姨丈是抱著贖罪的心情染紅雙手。所以，他絕非世人畏懼的萬惡鬼才或智慧型罪犯。我願意原諒姨丈，且認爲妳更應該原諒他。」

「親愛的，謝謝你。」

我終於按捺不住，當場埋首痛哭。

（全書完）

金田一耕助年譜

時間（年齡）	大事記	事件名稱
一九一三年（一歲）	生於日本東北地方的內陸。	
一九三一年（十九歲）	和中學同學風間俊六一同前往東京，就讀某所私立大學。	
一九三二年（二十歲）	前往美國。一邊做著洗碗工，一邊在美國西部過著放蕩的日子，並成了吸毒者。在日本留學生的聚會中認識久保銀造，獲得久保的援助，進入當地大學就讀。	在舊金山的日本僑民之間發生了不可解的殺人事件。
一九三五年（二十三歲）	大學畢業回國。接受久保五千圓的贊助，在東京銀座的某棟大樓的五樓開設偵探事務所。	
一九三六年（二十四歲）	解決某件轟動全國的案件，受到了熱烈的報導。	
一九三七年（二十五歲）	接受久保銀造的要求，前往岡山縣調查久保姪女遭到殺害的事件。並在此案件中認識任職於岡山縣警的磯川常次郎警部。	本陣殺人事件（金田一系列第一作）
一九四〇年（二十八歲）	受軍隊徵召，前往中國。	
一九四二年（三十歲）	轉調至南方戰線，最後抵達了新幾內亞的韋亞克。並結識戰友川地謙三、鬼頭千萬太。	
一九四五年（三十三歲）	在韋亞克迎接二戰結束。	

一九四六年（三十四歲）	退伍回國。接受戰友千萬太臨死前的委託，前往瀨戶內海的小島，卻遭遇了千萬太的三個妹妹接連被殺的事件。同年並解決了一連串案件。	日紅之下（短） 獄門島 水井怪聲（短） 黑蘭姬（短） 蝙蝠與蛞蝓（短）
一九四七年（三十五歲）	結束事務所，寄居在風間小老婆節子經營的割烹旅館「松月」別館。同年結識了警視廳的等等力大志警部。	黑暗中的貓（短） 黑貓亭殺人事件（短） 殺人鬼（短） 惡魔前來吹笛
一九四八年（三十六歲）	因爲解決了《夜行》、《八墓村》兩案，獲得大筆報酬，和偵探小說家Y一同前往伊豆旅行。在〈女怪〉一案中失戀。	夜行 八墓村 女怪（短） 犬神家一族
一九四九年（三十七歲）	因爲失戀，前往北海道自我放逐一個月。	人面瘡（短） 死面具（短） 烏鴉（短）
一九五〇年（三十八歲）		迷路莊慘劇
一九五一年（三十九歲）		女王蜂
一九五二年（四十歲）	解決了發生在一九三六年的〈幽靈座〉一案。	幽靈座（短） 湖泥（短） 沉睡的新娘（短）

一九五三年 （四十一歲）	接到來自疑似某大醫院院長孫女的委託，捲進了《醫院坡上吊之家》事件，但未能解決。	花園的惡魔（短） 不死蝶 醫院坡上吊之家（上） 活著的死面具（短）
一九五四年 （四十二歲）	和磯川警部一同泡溫泉時，碰上了〈人頭〉一案。	幽靈男 墮天女（短） 廢園之鬼（短） 迷路的新娘（短） 海市蜃樓島的熱情（短） 人頭（短）
一九五五年 （四十三歲）		惡魔的手毬歌 三首塔 吸血蛾
一九五六年 四十四歲）		蠟美人（短） 毒箭（短） 黑色翅膀（短） 死神之箭（短） 獵奇的報告書（短） 夢中之女（短） 鏡浦殺人（短） 下之女（短） 七張面具（短） 華麗的野獸（短） 霧中之女（短） 撲克牌台上的人頭（短） 女人的決鬥（短）

一九五七年 （四十五歲）	從「松月」的別館搬到世田谷區的高級公寓「綠丘莊」二樓三號室。	泥中之女（短） 洞中之女（短） 箱中之女（短） 鏡中之女（短） 魔女之曆（短） 出租船十三號（短） 紅色之女（短） 中國扇子之女（短） 籠中之女（短） 惡魔的生日宴會
一九五八年 （四十六歲）		棺中之女（短） 火焰十字架（短） 薔薇的別墅（短） 眼中之女（短） 惡魔的寵兒 香水殉情（短） 霧之山莊（短）
一九五九年 （四十七歲）		壺中美人（短） 黑桃女王（短） 門扉陰影之女（短）

一九六〇年（四十八歲）		貓館（短） 惡魔的唇譜 化妝舞會 雌蛭（短） 日晷之女（短） 白與黑 夜之黑豹（短）
一九六一年（四十九歲）		蝙蝠男（短）
一九六七年（五十五歲）		惡靈島
一九七三年（六十一歲）	解決了橫跨二十年的《醫院坡上吊之家》事件之後，前往洛杉磯旅行，就此消失蹤影。	醫院坡上吊之家（下）
一九七五年（六十三歲）	再度悄悄地回到日本。	

原著書名／三っ首塔・原出版社／角川書店・作者／橫溝正史・翻譯／鍾蕙淳・責任編輯／陳盈竹・編輯總監／劉麗眞・總經理／陳逸瑛・榮譽社長／詹宏志・發行人／凃玉雲・行銷業務部／陳亭好、蔡志鴻・出版／獨步文化 城邦文化事業股份有限公司 104台北市中山區民生東路二段 141 號 5 樓 電話／(02) 2500-7696 傳眞／(02) 2500-1967・發行／英屬蓋曼群島商家庭傳媒股份有限公司城邦分公司 台北市中山區民生東路二段 141 號 2 樓・讀者服務專線／(02)2500-7718; 2500-7719・服務時間／週一至週五：09：30-12：00、13：30-17：00・24小時傳眞服務／(02)2500-1990; 2500-1991・讀者服務信箱 E-mail／service@readingclub.com.tw・劃撥帳號／19863813 書虫股份有限公司・香港發行所／城邦（香港）出版集團有限公司 香港灣仔駱克道 193 號東超商業中心 1 樓 電話／(852) 25086231 傳眞／(852) 25789337 E-mail／hkcite@biznetvigator.com・馬新發行所／城邦（馬新）出版集團 Cite (M) Sdn. Bhd. (458372 U) 11, Jalan 30D/146, Desa Tasik, Sungai Besi, 57000 Kuala Lumpur, Malaysia 電話／(603) 9056 3833 傳眞／(603) 9056 2833 E-mail／citecite@streamyx.com・美術設計／黃思維・印刷／中原造像股份有限公司・排版／浩瀚電腦排版股份有限公司・總經銷／大和書報圖書股份有限公司 電話／(02) 8990-2588; 8990-2568 傳眞／(02) 2290-1658; 2290-1628
2011 年（民100）8月初版・定價／320 元 ISBN 978-986-6562-98-3 Printed in Taiwan

國家圖書館出版品預行編目資料

三首塔／橫溝正史著；鍾蕙淳譯．初版．--臺北市：獨步文化：家庭傳媒城邦分公司發行，2011〔民100〕
面； 公分．(日本推理大師經典；29)
譯自：三っ首塔
ISBN 978-986-6562-98-3（平裝）
861.57 100011832

MITSUKUBITÔ by Seishi YOKOMIZO

First published in Japan in 1972 by Kadokawa Shoten Co., Ltd.
Traditional Chinese translation rights arranged with Ryoichi YOKOMIZO
Through Japan Foreign-Rights Centre / Bardon-Chinese Media Agency

廣　告　回　函
北區郵政管理登記證
台北廣字第000791號
郵資已付，免貼郵票

104台北市民生東路二段 141 號 5 樓

英屬蓋曼群島商家庭傳媒股份有限公司

城邦分公司

獨步文化　　收